〔清〕劉熙載 著

藝概

廣陵書社

中國·揚州

圖書在版編目（CIP）數據

藝概 / (清) 劉熙載著. -- 揚州 : 廣陵書社, 2024.6
（國學經典叢書）
ISBN 978-7-5554-2304-1

Ⅰ. ①藝… Ⅱ. ①劉… Ⅲ. ①《藝概》 Ⅳ. ①I206.2

中國國家版本館CIP數據核字(2024)第109167號

書　　名　藝概
著　　者　〔清〕劉熙載
責任編輯　王　麗
出 版 人　劉　棟
裝幀設計　鴻儒文軒

出版發行　廣陵書社
揚州市四望亭路 2-4 號　郵編:225001
(0514) 85228081(總編辦)　85228088(發行部)
http://www.yzglpub.com　E-mail:yzglss@163.com
印　　刷　三河市華東印刷有限公司

開　　本　880 毫米 × 1230 毫米　1/32
印　　張　9
字　　數　103 千字
版　　次　2024 年 6 月第 1 版
印　　次　2024 年 6 月第 1 次印刷
書　　號　ISBN 978-7-5554-2304-1
定　　價　58.00 圓

編輯説明

自上世紀九十年代末始，我社陸續編輯出版一套綫裝本中華傳統文化普及讀物，名爲《文華叢書》。編者孜孜矻矻，兀兀窮年，歷經二十餘載，聚爲上百種，集腋成裘，蔚爲可觀。叢書以内容經典、形式古雅、編校精審，深受讀者歡迎，不少品種已不斷重印，常銷常新。

國學經典，百讀不厭，其中藴含的生活情趣、生命哲理、人生智慧，以及家國情懷、歷史經驗、宇宙真諦，令人回味無窮，啓迪至深。爲了方便讀者閲讀國學原典，更廣泛地普及傳統文化，特于《文華叢書》基礎上，重加編輯，推出《國學經典叢書》。

本叢書甄選國學之基本典籍，萃精華于一編。以内容言，所選均爲家喻户曉的經典名著，涵蓋經史子集，包羅詩詞文賦、小品蒙書，琳琅滿目；以篇幅言，每種規模不大，或數種彙于一書，便于誦讀；以形式言，採用傳統版式，字大文簡，賞心悦目；以編輯言，力求精擇良善版本，細加校勘，注重精讀原文，偶作簡明小注，或酌配古典版畫，體現編輯的匠心。

當下國學典籍的出版方興未艾，品質參差不齊。希望這套我社經年打造的品牌叢書，能爲讀者朋友閲讀經典提供真正的精善讀本。

廣陵書社編輯部

二〇二三年三月

出版説明

《藝概》是清代學者劉熙載的一部談文論藝的理論批評著作，成書于其晚年，是中國古典美學的代表作。

劉熙載（一八一三—一八八一），字伯簡，號融齋，晚號寤崖子，江蘇興化人。清道光二十四年（一八四四）進士，官拜翰林院庶吉士，後改授編修，官至廣東學政。晚年寓居上海，一直擔任龍門書院主講。他對六經、子史、天文、曆法以及詞曲等無不通，于聲韵和算術尤有卓識。一生著述甚富，所作詩、文、詞曲等合編爲《昨非集》四卷，與《藝概》《四音定切》《説文雙聲》《説文疊韵》《持志塾言》合刻爲《古桐書屋六種》。後人又彙刻其遺稿《古桐書屋札記》《游藝約言》《制藝書存》爲《古桐書屋續刻三種》。生平事迹見《清史稿》卷四八〇、《碑傳集補》卷四一。

《藝概》全書分爲《文概》《詩概》《賦概》《詞曲概》《書概》《經義概》六卷，分别論述文、詩、賦、詞曲、書法及八股文等的體制流變、性質特徵、表現技巧，并評論重要作家作品等。它與傳統的詩話、詞話祇論一個藝術門類不同，涉及多個藝術門類，這在當時是非常罕見的。書名中的『概』即其在《叙》中所言『舉此以概乎彼，舉少以概乎多』，得其大意，言其概要，以簡馭繁，使人能明其指要，觸類旁通。這樣以簡練的語言，作突出重點的評論，是劉熙載談藝的宗旨和方法，也是《藝概》一書的特色。

綜觀全書，《藝概》在論述時以藝術特色和藝術規律爲重點，言簡意賅，具有較强的理論性和美學性。其對作家作品的評定、對文學形式的流變和藝術特徵的闡發等，也時有精闢獨到的見解，在今天仍然具有指導價值。譬如，他論文有『文之道，時爲大』的觀點，就是强調做文章要合于時宜、因時制變，在變化中把握規律；論詩有『詩不可有我而無古，更不可有古而無我』，要求作詩既要顯示自己的精神品格，又要用辭典雅，善于學古通今；論書法有『書當造乎自然』，認爲書法應當來源于自然而高于自然，强化了人的作用，突出了『書如其人』的核心。他論表現手法與技巧，指出『語語微妙，便不微妙』，『竟體求奇，轉至不奇』，强調『交相爲用』。這些觀點既重視藝術本身的特點，又强調作品與人品、文學與現實的聯係，注重創新，反對簡單仿古，都是值得我們現在繼續學習和思考的。

《藝概》有清同治十二年（一八七三）刻本、一九二七年北京富晋書社鉛印本。中華人民共和國成立後又有諸多校注本，如：上海古籍出版社一九七八年出版據清同治刻本校點本；貴州人民出版社一九八六年出版王氣中箋注《藝概箋注》；中華書局二〇〇九年出版袁津琥校注《藝概注稿》等。

作爲古典美學的經典，《藝概》既廣博又精深，雖歷經一百餘年的時間，仍不失爲讀者短期内全面深入了解中國傳統文學藝術的最佳讀本。此次我們編輯出版的《藝概》，以同治十二年刻本爲底本，參考其他新出版本，詳加校訂，希望能爲讀者閱讀經典提供優質的讀本。

廣陵書社編輯部

二〇二四年六月

目録

叙……一
卷一 文概……一
卷二 詩概……七三
卷三 賦概……一二七
卷四 詞曲概……一五七
卷五 書概……一九九
卷六 經義概……二五七

叙

藝者，道之形也。學者兼通六藝，尚矣。次則文章名類，各舉一端，莫不爲藝，即莫不當根極於道。顧或謂藝之條緒綦繁，言藝者非至詳不足以備道。雖然，欲極其詳，詳有極乎？若舉此以概乎彼，舉少以概乎多，亦何必殫竭無餘，始足以明指要乎！是故余平昔言藝，好言其概，今復於存者輯之，以名其名也。莊子取『概乎皆嘗有聞』，太史公嘆『文辭不少概見』，『聞』『見』皆以『概』爲言，非限於一曲也。蓋得其大意，則小缺爲無傷，且觸類引伸，安知顯缺者非即隱備者哉！抑聞之《大戴記》曰：『通道必簡。』概之云者，知爲簡而已矣。至果爲通道與否，則存乎人之所見，余初不敢意必於其間焉。

同治癸酉仲春，興化劉熙載融齋自叙。

卷一　文概

《六經》，文之範圍也。聖人之旨，於經觀其大備，其深博無涯涘，乃《文心雕龍》所謂『百家騰躍，終入環内』者也。

有道理之家，有義理之家，有事理之家，有情理之家，『四家』説見劉劭《人物志》。文之本領，衹此四者盡之。然孰非經所統攝者乎？

九流皆托始於《六經》，觀《漢書·藝文志》可知其概。左氏之時，有《六經》未有各家，然其書中所取義，已不能有純無雜。揚子雲謂之『品藻』，其意微矣。

《春秋》文見於此，起義在彼。左氏窺此秘，故其文虚實互藏，兩在不測。

微而顯，志而晦，婉而成章，盡而不污，懲惡而勸善：左氏釋經，有此五體。其實左氏叙事，亦處處皆本此意。

左氏叙事，紛者整之，孤者輔之，板者活之，直者婉之，俗者雅之，枯者腴之。翦裁運化之方，斯爲大備。

劉知幾《史通》謂《左傳》『其言簡而要，其事詳而博』。余謂百世史家，類不出乎此法。《後漢書》稱荀悦《漢紀》『辭約事詳』，《新唐書》以『文省事增』爲尚，其知之矣。

煩而不整，俗而不典，書不實録，賞罰不中，文不勝質：史家謂之『五難』。評《左氏》者，借是説以反觀之，亦可知其衆美兼擅矣。

杜元凱序《左傳》曰：『其文緩。』吕東萊謂：『文章從容委曲而意獨至，惟《左氏》所載當時君臣之言爲然。蓋繇聖人餘澤未遠，涵養自別，故其辭氣不迫如此。』此可爲元凱下一注脚。蓋『緩』乃無矜無躁，不是弛而不嚴也。

文得元氣便厚。《左氏》雖説衰世事，却尚有許多元氣在。

學《左氏》者，當先意法，而後氣象。氣象所長在雍容爾雅，然亦有因當時文勝之習而觭重以肖之者。後人必沾沾求似，恐失之嘽緩侈靡矣。

蕭穎士《與韋述書》云：『於《穀梁》師其簡，於《公羊》得其核。』二語意皆明白。惟言『於《左氏》取其文』，『文』字要善認，當知孤質非文，浮艷亦非文也。

《左氏》叙戰之將勝者，必先有戒懼之意，如韓原秦穆之言，城濮晋文之言，邲楚莊之言，皆是也。不勝者反此。觀指睹歸，故文貴於所以然處著筆。

《左傳》善用密，《國策》善用疏。《國策》之章法筆法奇矣，若論字句之精嚴，則左公允推獨步。

左氏與史遷同一多愛，故於《六經》之旨均不無出入。若論不動聲色，則左於馬加一等矣。

『馳騁田獵，令人心發狂。』以左氏之才之學，而文必範我馳驅，其識慮遠矣。

《國語》，《周》《魯》多掌故，《齊》多制，《晋》《越》多謀。其文有甚厚甚精處，亦有翦裁疏漏處，讀者宜别而取之。

柳柳州嘗作《非國語》，然自序其書，稱《國語》文『深閎杰异』；其《與韋中立書》，謂『參之《國語》以博其趣』。則《國語》之懿亦可見矣。

《公》《穀》二傳，解義皆推見至隱，非好學深思不能有是。至傳聞有异，疑信并存，正其不敢過而廢之之意。

公、穀兩家善讀《春秋》本經。輕讀，重讀，緩讀，急讀，讀不同而義以別矣。《莊子》逸篇：『仲尼讀《春秋》，老聃踞竈觚而聽。』雖屬寓言，亦可爲《春秋》尚讀之證。

《左氏》尚禮，故文；《公羊》尚智，故通；《穀梁》尚義，故正。

《公羊》堂廡較大，《穀梁》指歸較正。《左氏》堂廡更大於《公羊》，而指歸往往不及《穀梁》。

《檀弓》語少意密，顯言直言所難盡者，但以句中之眼、文外之致含藏之，已使人自得其實。是何神境？

《左氏》森嚴，文贍而義明，人之盡也。《檀弓》渾化，語疏而情密，天之全也。

文之自然無若《檀弓》，刻畫無若《考工》《公》《穀》。

《檀弓》誠慤頎至，《考工》樸屬微至。

《問喪》一篇，纏綿淒愴，與《三年問》皆爲《戴記》中之至文。《三年問》大要出於《荀子》，知《問喪》之傳亦必古矣。

《家語》非劉向校定之遺，亦非王肅、孔猛所能托。大抵儒家會集記載而成書，是以有純有駁，在讀者自辨之耳。

《家語》好處，可即以《家語》中一言評之，曰：『篤雅有節。』

《家語》之文，純者可幾《檀弓》，雜者甚或不及《孔叢子》。

《國策》疵弊，曾子固《戰國策目録序》盡之矣。抑蘇老泉《諫論》曰：『蘇秦、張儀，吾取其術，不取其心。』蓋嘗推此意以觀之，如魯仲連之不帝秦，正矣。然自稱爲人排患釋難解紛亂，其非無術可知。然則讀書者亦顧所用何如耳，使用之不善，亦何讀而可哉！

戰國説士之言，其用意類能先立地步，故得如善攻者使人不能守，善守者使人不能攻也。不然，專於措辭求奇，雖復可驚可喜，不免脆而易敗。

文之快者每不沉，沉者每不快，《國策》乃沉而快；文之雋者每不雄，雄者每不雋，《國策》乃雄而雋。

《國策》明快無如虞卿之折樓緩，慷慨無如荆卿之辭燕丹。

《國策》文有兩種：一堅明約束，賈生得之；一沉鬱頓挫，司馬子長得之。

杜詩《義鶻行》云：『斗上捩孤影。』一『斗』字，形容鶻之奇變極矣。

文家用筆得『斗』字訣，便能一落千丈，一飛衝天，《國策》其尤易見者。

韓子曰：『孟氏醇乎醇。』程子曰：『孟子儘雄辯。』韓對荀、揚言之，程對孔、顏言之也。

孟子之文，至簡至易，如舟師執柁，中流自在，而推移費力者不覺自屈。龜山楊氏論孟子『千變萬化，衹説從心上來』，可謂探本之言。

孟子之文，百變而不離其宗，然此亦諸子所同。其度越諸子處，乃在析義至精，不惟用法至密也。

集義、養氣，是孟子本領。不從事於此，而學孟子之文，得無象之然乎？

荀子明六藝之歸，其學分之足了數大儒。其尊孔子，黜异端，貴王賤霸，猶孟子志也。讀者不能擇取之，而必過疵之，亦惑矣。

孟子之時，孔道已將不著，况荀子時乎！荀子矯世之枉，雖立言之意時或過激，然非自知明而信道篤者不能。

《易傳》言『智崇禮卑』。荀卿立言不能皆粹，然大要在禮智之間。

屈子《離騷》之旨，祇『百爾所思，不如我所之』二語，足以括之。『百爾』，如女嬃、靈氛、巫咸皆是。

太史公《屈原傳》贊曰：『悲其志。』又曰：『未嘗不垂涕想見其爲人。』『志』也，『爲人』也，論屈子辭者，其斯爲觀其深哉！

《孟子》曰：『《小弁》之怨，親親也。親親，仁也。』夫忠臣之事君，孝子之事親，一也。屈子《離騷》，若經孟子論定，必深有取焉。

『文麗用寡』，揚雄以之稱相如，然不可以之稱屈原。蓋屈之辭，能使讀者興起盡忠疾邪之意，便是用不寡也。

國手置棋，觀者迷離，置者明白。《離騷》之文似之。不善讀者，疑爲於此於彼，恍惚無定，不知祇由自己眼低。

蘇老泉謂『詩人優柔，騷人清深』，其實清深中正復有優柔意。

古人意在筆先，故得舉止閑暇；後人意在筆後，故至手脚忙亂。杜元凱稱左氏『其文緩』，曹子桓稱屈原『優游緩節』，『緩』豈易及者乎？

《莊子》文看似胡説亂説，骨裏却儘有分數。彼固自謂『猖狂妄行而蹈乎大方』也，學者何不從『蹈大方』處求之？

《莊子》寓真於誕，寓實於玄，於此見寓言之妙。

《莊子》文法斷續之妙，如《逍遥游》忽説鵬，忽説蜩與鷽鳩、斥鴳，是爲斷；下乃接之曰『此大小之辨也』，則上文之斷處皆續矣，而下文宋榮子、許由、接輿、惠子諸斷處，亦無不續矣。

文有合兩篇爲關鍵者。《莊子·逍遥游》『小知不及大知，小年不及大年』，讀者初不覺意注何處，直至《齊物論》『天下莫大於秋毫之末』四句，始見前語正豫爲此處翻轉地耳。

文之神妙，莫過於能飛。《莊子》之言鵬曰『怒而飛』，今觀其文，無端而來，無端而去，殆得『飛』之機者，烏知非鵬之學爲周耶？

《莊子·齊物論》『大塊噫氣，其名爲風』一段，體物入微。與之神似者，《考工記》後，柳州文中亦間有之。

『意出塵外，怪生筆端』，莊子之文，可以是評之。其根極則《天下篇》已自道矣，曰：『充實不可以已。』

老年之文多平淡。《莊子》書中有莊子將死一段，其爲晚年之作無疑，然其文一何諔詭之甚！

《莊子》是跳過法，《離騷》是回抱法，《國策》是獨闢法，《左傳》《史記》是兩寄法。

有路可走，卒歸於無路可走，如屈子所謂『登高吾不說，入下吾不能』是也。無路可走，卒歸於有路可走，如《莊子》所謂『今子有五石之瓠，何不慮以爲大樽而浮於江湖』，『今子有大樹，何不樹之於無何有之鄉、廣莫之野』是也。而二子之書之全旨，亦可以此概之。

柳子厚《辯列子》云：『其文辭類《莊子》，而尤爲質厚，少爲作，好文者可廢耶？』案：《列子》實爲《莊子》所宗本，其辭之諔詭，時或甚於《莊子》，惟其氣不似《莊子》放縱耳。

文章蹊徑好尚，自《莊》《列》出而一變，佛書入中國又一變，《世說新語》成書又一變。此諸書，人鮮不讀，讀鮮不嗜，往往與之俱化。惟涉而不溺，役之而不爲所役，是在卓爾之大雅矣。

文家於《莊》《列》外，喜稱《楞嚴》《净名》二經，識者知二經乃似《關尹子》，而不近《莊》《列》。蓋二經筆法有前無却，《莊》《列》俱有曲致，而《莊》尤縹緲奇變，乃如風行水上，自然成文也。

韓非鋒穎太鋭。《莊子·天下篇》稱老子道術所戒曰『鋭則挫矣』，惜乎非能作《解老》《喻老》而不鑒之也。至其書大端之得失，太史公業已言之。

管子用法術而本源未爲失正，如『上服度則六親多固，四維張則君令行』，此等語豈申、韓所能道！

周、秦間諸子之文，雖純駁不同，皆有個自家在内。後世爲文者，於彼於此，左顧右盼，以求當衆人之意，宜亦諸子所深耻與？

秦文雄奇，漢文醇厚。大抵越世高談，漢不如秦；本經立義，秦亦不能如漢也。

西京文之最不可及者，文帝之詔書也。《周書·呂刑》，論者以爲哀矜惻怛，猶可以想見三代忠厚之遺意。然彼文至而實不至，孰若文帝之情至而文生耶？

西漢文無體不備，言大道則董仲舒，該百家則《淮南子》，叙事則司馬遷，論事則賈誼，辭章則司馬相如。人知數子之文純粹、旁礴、窈眇、昭晰、雍容，各有所至，尤當於其原委窮之。

賈生陳政事，大抵以禮爲根極。劉歆《移讓太常博士書》云：『在漢朝之儒，惟賈生而已。』一『儒』字下得極有分曉。何太史公但稱其『明申、商』也？

賈生謀慮之文，非策士所能道；經制之文，非經生所能道。漢臣後起者，得其一支一節，皆足以建議朝廷，擅名當世。然孰若其籠罩群有而精之哉！

柳子厚《與楊京兆憑書》云：『明如賈誼。』一『明』字，體用俱見。若《文心雕龍》謂『賈生俊發，故文潔而體清』，語雖較詳，然似將賈生作文士看矣。

《隋書·李德林傳》，任城王湝遺楊遵彦書曰：『經國大體，是賈生、晁錯之儔；雕蟲小技，殆相如、子雲之輩。』此重美德林之兼長耳。然可見馬、揚所長在研煉字句，其識議非賈、晁比也。

晁家令、趙營平皆深於籌策之文。趙取成其事，不必其奇也；晁取切於時，不必其高也。

董仲舒學本《公羊》，而進退容止，非禮不行，則其於禮也深矣。至觀其論大道，深奥宏博，又知於諸經之義無所不貫。

董仲舒《對策》言「諸不在六藝之科、孔子之術者，皆絶其道，勿使并進」，其見卓矣。揚雄「非聖哲之書不好」，蓋衷此意，然未若董之自得也。

漢家制度，王霸雜用；漢家文章，周、秦并法。惟董仲舒一路無秦氣。

馬遷之《史》，與《左氏》一揆。《左氏》「先經以始事」，「後經以終義」，「依經以辯理」，「錯經以合异」；在馬則夾叙夾議，於諸法已不移而具。

文之道，時爲大。《春秋》不同於《尚書》，無論矣。即以《左傳》《史記》言之，强《左》爲《史》，則噍殺；强《史》爲《左》，則嘽緩。惟與時爲消息，故不同正所以同也。

文之有左、馬，猶書之有羲、獻也。張懷瓘論書云：『若逸氣縱橫，則羲謝於獻；若簪裾禮樂，則獻不繼羲。』

『末世争利，維彼奔義』，太史公於叙《伯夷列傳》發之。而《史記》全書重義之旨，亦不异是。書中言利處，寓貶於褒。班固譏其『崇勢利而羞貧賤』，宜後人之復譏固與！

太史公文，精神氣血，無所不具。學者不得其真際而襲其形似，此莊子所謂『非生人之行而至死人之理，適得怪焉』者也。

太史公文，疏與密皆詣其極。密者，義法也。蘇子由稱其『疏蕩有奇氣』，於義法猶未道及。

太史公時有河漢之言，而意理却細入無間。評者謂『亂道却好』，其實本非亂道也。

《史記》叙事，文外無窮，雖一溪一壑，皆與長江、大河相若。

叙事不合參入斷語。太史公寓主意於客位，允稱微妙。

太史公文，悲世之意多，憤世之意少，是以立身常在高處。至讀者或謂之悲，或謂之憤，又可以自徵器量焉。

太史公文，兼括六藝百家之旨。第論其惻怛之情，抑揚之致，則得於《詩三百篇》及《離騷》居多。

學《離騷》，得其情者爲太史公，得其辭者爲司馬長卿。長卿雖非無得於情，要是辭一邊居多。離形得似，當以史公爲尚。

『學無所不窺』，『善指事類情』，太史公以是稱莊子，亦自寓也。

文如雲龍霧豹，出没隱見，變化無方，此《莊》、《騷》、太史所同。

尚禮法者好《左氏》，尚天機者好《莊子》，尚性情者好《離騷》，尚智計者好《國策》，尚意氣者好《史記》。好各因人，書之本量初不以此加損焉。

太史公文與楚、漢間文相近。其傳楚、漢間人，成片引其言語，與己之精神相入無間，直令讀者莫能辨之。

子長精思逸韻俱勝孟堅。或問：逸韻非孟堅所及，固也；精思復何以异？曰：子長能從無尺寸處起尺寸，孟堅遇尺寸難施處，則差數睹矣。

太史公文，韓得其雄，歐得其逸。雄者善用直捷，故發端便見出奇；逸者善用紆徐，故引緒乃覘入妙。

《畫訣》：『石有三面，樹有四枝。』蓋筆法須兼陰陽向背也。於司馬子長文往往遇之。

太史公文，如張長史於歌舞戰鬥，悉取其意與法以爲草書。其秘要則在於無我，而以萬物爲我也。

《淮南子》連類喻義，本諸《易》與《莊子》，而奇偉宏富，又能自用其才，雖使與先秦諸子同時，亦足成一家之作。

賈長沙、太史公、《淮南子》三家文，皆有先秦遺意。若董江都、劉中壘，乃漢文本色也。

司馬長卿文雖乏實用，然舉止矜貴，揚搉典碩，故昌黎碑板之文亦儀象之。

用辭賦之駢麗以爲文者，起於宋玉《對楚王問》，後此則鄒陽、枚乘、相如是也。惟此體施之，必擇所宜，古人自『主文譎諫』外，鮮或取焉。

劉向文足繼董仲舒。仲舒治《公羊》，向治《穀梁》。仲舒《對策》，向上《封事》，引《春秋》并言『天地之常經，古今之通義』。亦可見所學之務乎其大，不似經生習氣，譊譊置辯於細故之异同也。

劉向、匡衡文皆本經術。向傾吐肝膽，誠懇悱惻，説經却轉有大意處；衡則説經較細，然覺志不逮辭矣。

揚子雲説道理，可謂『能將許大見識尋求』。然從來足於道者，文必自然流出；《太玄》《法言》，抑何氣盡力竭耶？

揚子《法言》有些憨意，蓋專己創言，人雖怪且厭之，弗爲少動也。

東坡《答謝民師書》謂揚雄『好爲艱深之辭，以文淺易之説』。子固《答王深甫論揚雄書》云：『鞏自度學每有所進，則於雄書每有所得。』

曾、蘇所見不同如此。介甫《與王深甫書》亦盛推雄，如所謂『孟子沒，能言大人而不放於老、莊者，揚子而已』是也。

司馬温公叙《揚子》，謂『孟子好《詩》《書》，文直而顯；荀子好《禮》，文富而麗；揚子好《易》，文簡而奥』。孟、荀、揚并稱無别，與昌黎之論三子异矣。

揚子雲之言，其病正坐近似聖人。《朱子語類》云：『若能得聖人之心，則雖言語各别，不害其爲同。』此可知學貴實有諸己也。

孫可之《與高錫望書》云：『文章如面，史才最難，到司馬子長之地，千載獨聞得揚子雲。』余謂子雲之史，今無可見，大抵已被班氏取入《漢書》。《漢書·揚雄傳》或疑出於雄所自述，亦可見其梗概矣。

班孟堅文，宗仰在董生、匡、劉諸家，雖氣味已是東京，然爾雅深厚，其所長也。

蘇子由稱太史公『疏蕩有奇氣』，劉彦和稱班孟堅『裁密而思靡』。『疏』『密』二字，其用不可勝窮。

王充、王符、仲長統三家文，皆東京之矯矯者。分按之：大抵《論衡》奇創，略近《淮南子》；《潛夫論》醇厚，略近董廣川；《昌言》俊發，略近賈長沙。范史譏三子『好申一隅之説』，然無害爲各自成家。

王充《論衡》，獨抒己見，思力絶人，雖時有激而近僻者，然不掩其卓詣。故不獨蔡中郎、劉子玄深重其書，即韓退之性有三品之説，亦承藉於其《本性篇》也。

《潛夫論》皆貴德義、抑榮利之旨，雖論卜、論夢亦然。

東漢文浸入排麗，是以難企西京。繆襲稱仲長統才章足繼董、賈、劉、揚，今以《昌言》與數子之書并讀，氣格果相伯仲耶？

仲長統深取崔寔《政論》，謂『凡爲人主，宜寫一通，置之坐側』。按《政論》所言，主權不主經，謂『濟時拯世，不必體堯蹈舜』。此豈爲治之常法哉？而統服之若此，宜其所著之《昌言》，旨不皆粹也。

崔寔《政論》，參霸政之法術；荀悦《申鑒》，明古聖王之仁義。悦言屏四患，崇五政，允足爲後世法戒；寔言孝宣優於孝文，意在矯衰漢之弊，故不覺言之過當耳。

遒文壯節，於漢季得兩人焉：孔文舉、臧子源是也。曹子建、陳孔璋文爲建安之杰，然尚非其倫比。

孔北海文，雖體屬駢麗，然卓犖遒亮，令人想見其爲人。唐李文饒文，氣骨之高，差可繼踵。

鄭康成《戒子益恩書》，雍雍穆穆，隱然涵《詩》《禮》之氣。

漢、魏之間，文滅其質。以武侯經世之言，而當時怪其『文采不艷』。然彼艷者，如實用何？

曾子固《徐幹〈中論〉目録序》謂幹『能考六藝，推仲尼、孟子之旨』。余謂幹之文，非但其理不駁，其氣亦雍容静穆，非有養不能至焉。

徐幹《中論》説道理俱正而實。《審大臣》篇極推荀卿而不取游説之士，《考僞》篇以求名爲聖人之至禁，其指概可見矣。魏文稱其『含文抱質，恬淡寡欲，有箕山之志』，蓋爲得之。然偉長豈以是言增重哉？

陳壽《三國志》，文中子謂其『依大義而削异端』，晁公武《讀書志》謂其『高簡有法』，可見『義』『法』二字爲史家之要。

晋元康中，范頵等上表，謂陳壽『文艷不及相如，而質直過之』。此言殆外矣。相如自是辭家，壽是史家，體本不同，文質豈容并論！

文中子抑遷、固而與陳壽，所言似過。然觀壽書練核事情，每下一字一句，極有斤兩，雖遷、固亦當心折。

六代之文，麗才多而練才少。有練才焉，如陸士衡是也。蓋其思既能入微，而才復足以籠鉅，故其所作，皆杰然自樹質幹。《文心雕龍》但目以『情繁辭隱』，殊未盡之。

陶淵明爲文不多，且若未嘗經意。然其文不可以學而能，非文之難，有其胸次爲難也。

史家學識當出文士之上。范蔚宗嘗自言『耻作文士文』，然其史筆於文士纖雜之見，往往振刷不盡。

《史通》稱孟堅『辭惟温雅，理多愜當，其尤美者，有《典》《誥》之風』。范史自謂《循吏》以下諸序論，『筆勢縱放，往往不減《過秦》篇』。《史通》亦言『蔚宗參踪於賈誼』。班、范兩家宗派，於此別矣。

酈道元敘山水，峻潔層深，奄有《楚辭·山鬼》《招隱士》勝境。柳柳州游記，此其先導耶？

劉勰《新論》，體出於《韓非子·説林》及《淮南子·説山訓》《説林訓》。其中格言如《慎獨》篇『獨立不慚影，獨寢不愧衾』二語，六朝時幾人能道及此！

王仲淹《中説》，似其門人所記。其意理精實，氣象雍裕，可以觀其所藴，亦可以知記者之所得矣。

荀子與文中子皆深於禮樂之意。其文則荀子較雄峻，文中子較深婉，可想其質學各有所近。後此如韓昌黎、李習之兩家文，分塗亦然。

荀子言『法後王』，文中子稱漢『七制之主』，特節取之意耳。至宋永嘉諸公，遂本此意衍爲學派，而一切議論因之，未免偏據而規小矣。

『畏天憫人』四字，見《文中子·周公》篇，蓋論《易》也。今讀《中説》全書，覺其心法皆不出此意。

元次山文，狂狷之言也。其所著《出規》，意存乎有爲；《處規》，意存乎有守；至《七不如七篇》，雖若憤世太深，而憂世正復甚摯。是亦足使頑廉懦立，未許以矯枉過正目之。

陸宣公文，貴本親用，既非瞀儒之迂疏，亦异雜霸之功利，於此見情理之外無經濟也。

陸宣公奏議，評以四字，曰：『正實切事。』

陸宣公奏議，妙能不同於賈生。賈生之言猶不見用，况德宗之量非文帝比。故激昂辯折有所難行，而紆餘委備可以巽入。且氣愈平婉，愈可將其意之沉切。故後世進言多學宣公一路，惟體制不必仍其排偶耳。

賈生、陸宣公之文，氣象固有辨矣。若論其實，陸象山最説得好：『賈誼是就事上説仁義，陸贄是就仁義上説事。』

獨孤至之文，抑邪與正，與韓文同。《唐實録》稱韓愈師其爲文，乃韓則未嘗自言，學於韓者復不言。《唐書》本傳亦僅言梁肅、高參、崔元翰、陳京、唐次、齊抗師事之，而韓不與焉。要其文之足重，固不係乎韓師之也。

昌黎接孟子知言養氣之傳，觀《答李翊書》，『學』『養』并言可見。

昌黎謂『仁義之人，其言藹如』。蘇老泉以孟、韓爲『温醇』，意蓋隱合。

説理論事，涉於遷就，便是本領不濟。看昌黎文老實説出緊要處，自使用巧騁奇者望之辟易。

韓文起八代之衰，實集八代之成。蓋惟善用古者能變古，以無所不包，故能無所不掃也。

八代之衰，其文内竭而外侈。昌黎易之以『萬怪惶惑』『抑遏蔽掩』，在當時真爲補虚消腫良劑。

昌黎論文曰：『惟其是爾。』余謂『是』字注脚有二：曰正，曰真。

昌黎以『是』『异』二字論文，然二者仍須合一。若不异之『是』，則庸而已；不是之『异』，則妄而已。

昌黎自言『約六經之旨而成文』。『旨』字專以本領言，不必其文之相似。故雖於《莊》、《騷》、太史、子雲、相如之文博取兼資，其約經旨者自在也。陸傪見李習之《復性書》，曰：『子之言，尼父之心也。』亦不以文似孔子而云然。

昌黎謂柳州文『雄深雅健，似司馬子長』。觀此評，非獨可知柳州，并可知昌黎所得於子長處。

論文或專尚指歸，或專尚氣格，皆未免著於一偏。《舊唐書·韓愈傳》『經、誥之指歸，遷、雄之氣格』二語，推韓之意以爲言，可謂觀其備矣。

昌黎文兩種，皆於《答尉遲生書》發之：一則所謂『昭晰者無疑』『行峻而言厲』是也；一則所謂『優游者有餘』『心醇而氣和』是也。

昌黎自言其文『亦時有感激怨懟奇怪之辭』，揚子雲便不肯作此語。此正韓之胸襟坦白高出於揚，非不及也。

昌黎《送窮文》自稱其文曰：『不專一能，怪怪奇奇，不可時施，祇以自嬉。』東坡嘗與黃山谷言柳子厚《賀王參元失火書》，曰：『此人怪怪奇奇，亦三端中得一好處也。』『亦』字言外寓推韓微旨。

『一波未平，一波已作』，『出入變化，不可紀極，而法度不可亂』，此姜白石《詩說》也。是境常於韓文遇之。

昌黎《與李習之書》，紆餘澹折，便與習之同一意度。歐文若導源於此。

昌黎言『作爲文章，其書滿家』。書非止爲作文用也。觀所爲《盧殷墓志》云：『無書不讀，然止用以資爲詩。』曾是惜人者而自蹈之乎？

李義山《韓碑》詩云：『點竄《堯典》《舜典》字，塗改《清廟》《生民》詩。』其論昌黎也外矣。古人所稱俳優之文，何嘗不正如義山所謂？

昌黎尚『陳言務去』。所謂『陳言』者，非必勦襲古人之說以爲己有也。衹識見議論落於凡近，未能高出一頭，深入一境，自『結撰至思』者觀之，皆陳言也。

文或結實，或空靈，雖各有所長，皆不免著於一偏。試觀韓文，結實處何嘗不空靈，空靈處何嘗不結實。

昌黎曰：『學所以爲道，文所以爲理耳。』又曰：『愈之所志於古者，不惟其辭之好，好其道焉耳。』東坡稱公『文起八代之衰，道濟天下之溺』。文與道，豈判然兩事乎哉！

張籍謂昌黎與人爲『無實駁雜之説』，柳子厚盛稱《毛穎傳》，兩家所見，若相徑庭。顧韓之論文曰『醇』曰『肆』，張就『醇』上推求，柳就『肆』上欣賞，皆韓志也。

呂東萊《古文關鍵》謂柳州文『出於《國語》』，王伯厚謂『子厚《非國語》」，其文多以《國語》爲法」。余謂柳文從《國語》入，不從《國語》出。蓋《國語》每多言舉典，柳州之所長乃尤在「廉之欲其節」也。

柳文之所得力，具於《與韋中立論師道書》。東萊謂柳州文「出於《國語》」，蓋專指其一體而言。

柳州《答韋中立書》云：「參之《穀梁》以厲其氣，參之《莊》《老》以肆其端，參之《國語》以博其趣，參之《離騷》以致其幽，參之太史以著其潔。」《報袁君陳秀才書》亦云：「《左氏》、《國語》、莊周、屈原之辭，稍采取之；穀梁子、太史公甚峻潔，可以出入。」

東萊謂學柳文「當戒他雄辯」。余謂柳文兼備各體，非專尚雄辯者。且雄辯亦正有不可少處，如程明道謂「孟子儘雄辯」是也。

柳州自言爲文章「未嘗敢以昏氣出之」，「未嘗敢以矜氣作之」。余嘗以一語斷之曰：『柳文無耗氣。』凡昏氣、矜氣，皆耗氣也。惟昏之爲耗也易知，矜之爲耗也難知耳。

柳文如奇峰异嶂，層見叠出，所以致之者有四種筆法：突起、紆行、峭收、縵迴也。

柳州記山水、狀人物、論文章，無不形容盡致。其自命爲『牢籠百態』，固宜。

柳子厚《永州龍興寺東丘記》云：『游之適大率有二：曠如也、奥如也，如斯而已。』《袁家渴記》云：『舟行若窮，忽又無際。』《愚溪詩序》云：『漱滌萬物，牢籠百態。』此等語皆若自喻文境。

文以煉神煉氣爲上半截事，以煉字煉句爲下半截事。此如《易》道有先天後天也。柳州天資絶高，故雖自下半截得力，而上半截未嘗偏絀焉。

柳州繫心民瘼，故所治能有惠政。讀《捕蛇者説》《送薛存義序》，頗可得其精神鬱結處。

文莫貴於精能變化。昌黎《送董邵南游河北序》，可謂變化之至；柳州《送薛存義序》，可謂精能之至。

昌黎論文之旨，於《答尉遲生書》見之，曰『君子慎其實』。柳州論文之旨，於《報袁君陳秀才書》見之，曰『大都文以行爲本，在先誠其中』。

昌黎屢稱子雲，柳子厚於《法言》嘗爲之注。今觀兩家文，修辭煉字，皆有得於揚子，至意理之多所取資，固矣。

昌黎之文如水，柳州之文如山。『浩乎』『沛然』，『曠如』『奥如』，二公殆各有會心。

朱子曰：『韓退之議論正，規模闊大，然不如柳子厚較精密。』此原專指柳州《論鶡冠子》等篇，後人或因此謂一切之文精密概出韓上，誤矣。

學者未能深讀韓、柳之文，輒有意尊韓抑柳，最爲陋習。晏元獻云：『韓退之扶導聖教，剗除异端，是其所長。若其祖述《墳》《典》，憲章《騷》《雅》，上傳三古，下籠百氏，横行闊視於綴述之場，子厚一人而已。』此論甚爲偉特。

李習之文，蘇子美謂『辭不逮韓，而理過於柳』。蘇老泉《上歐陽内翰書》取其『俯仰揖讓之態』。合『理』與『態』，而其全見矣。

昌黎答劉正夫問文曰：『無難易，惟其是而已。』李習之《答王載言書》曰：『其愛難者，則曰文章宜深不當易；其愛易者，則曰文章宜通不當難。此皆情有所偏，滯而不流，未識文章之所主也。』於此見兩公文一脉相通矣。

李習之文氣似不及昌黎，然傳稱其『辭致渾厚，見推當時』。由一『致』字求之，便可隱知其妙。

韓文出於《孟子》，李習之文出於《中庸》。宗李多於宗韓者，宋文也。

韓昌黎不稱王仲淹《中説》，而李習之《答王載言書》稱之。今觀習之之文，『俯仰揖讓』，固於《中説》爲近。

皇甫持正論文，嘗言『文奇理正』。然綜觀其意，究是一於好奇。如《答李生書》云：『意新則异常，异於常則怪矣；詞高則出衆，出於衆則奇矣。』此蓋學韓而第得其所謂『恠恠奇奇，祇以自嬉』者。

或問持正文於揚子雲何如？曰：辭近《太玄》，理猶未及《法言》。問較李元賓之尚辭何如？曰：不沿襲前人似之。

文得昌黎之傳者，李習之精於理，皇甫持正練於辭。習之一宗，直爲北宋名家發源之始；而祖述持正者，則自孫可之後，已罕聞成家者矣。

杜牧之識見自是一時之杰。觀所作《罪言》，謂『上策莫如自治』，『中策莫如取魏』，『最下策爲浪戰』；又兩進策於李文饒，皆案切時勢，見利害於未然。以文論之，亦可謂不『浪戰』者矣。

孫可之《與友人論文書》云：『詞必高然後爲奇，意必深然後爲工。』如斯宗旨，其即可之得之來無擇，無擇得之持正者耶？

廣明時，詔書謂孫樵『有揚、馬之文』。樵《與高錫望書》，自稱『熟司馬遷、揚子雲書』。然則詔所云『馬』者，殆亦指史遷，非相如耶？

劉蜕文意欲自成一子。如《山書》十八篇、《古漁父》四篇，辭若僻而寄托未嘗不遠。學《楚辭》尤有深致，《哀湘竹》《下清江》《招帝子》，雖止三章，頗得《九歌》遺意。

李習之《與陸傪書》盛推昌黎文，謂『嘗書其一章曰《獲麟解》，其他可以類知』。孫可之《與王霖書》稱《進學解》『拔地倚天，句句欲活』。今觀兩家文，信乎各得所近。

《宋史·柳開傳》稱開『始慕韓愈、柳宗元爲文』。《穆修傳》亦言『自五代文敝，國初柳開始爲古文』。今觀伯長所爲《唐柳先生文集後序》云：『天厚余嗜多矣，始而饜我以韓，既而飫我以柳。謂天不吾厚，豈不誣也哉！』可知其所學與仲塗一矣。

尹師魯爲古文先於歐公。歐公稱其文『簡而有法』，且謂『在孔子《六經》中，惟《春秋》可當』。蓋師魯本深於《春秋》，范文正爲撰文集序嘗言之。錢文僖起雙桂樓，建臨園驛，尹、歐皆爲作記。歐記凡數千言，而尹衹用五百字，歐服其簡古。是亦『簡而有法』之一證也。

范文正貶饒州，師魯上書，言『仲淹，臣之師友，願得俱貶』，其爲國重賢如此；而於文正所爲《岳陽樓記》，則曰『傳奇體耳』，其不阿所好又如此。固宜能以古學振起當時也。

歐陽公文幾於史公之潔，而幽情雅韵，得騷人之指趣爲多。

歐陽公《五代史》諸論，深得『畏天憫人』之旨。蓋其事不足言，而又不忍不言；言之怫於己，不言無以懲於世。情見乎辭，亦可悲矣。公他文亦多惻隱之意。

屈子《卜居》、《史記·伯夷傳》，妙在於所不疑事，却參以活句。歐文往往似此。

歐公稱昌黎文『深厚雄博』，蘇老泉稱歐公文『紆餘委備』。大抵歐公雖極意學韓，而性之所近，乃尤在李習之。不獨老泉於公謂李翺『有執事之態』，即公文亦云『欲生翺時，與翺上下其論』，所尚蓋可見矣。

謝疊山云：『歐陽公文章爲一代宗師，然藏鋒斂鍔，韜光沉馨，不如韓文公之奇奇怪怪、可喜可愕。』按：歐之奇不如韓固有之，然於韓之『抑遏蔽掩，不使自露』，詎相遠乎？

蘇老泉迂董詐晁，謂賈生『有二子之才而不流』。余謂老泉文取徑异於董，而用意往往雜以晁。迂董，於董無損；詐晁，恐晁不服也。

昌黎《答劉正夫書》曰：『若聖人之道，不用文則已，用則必尚其能者。』曾南豐稱蘇老泉之文曰：『修能使之約，遠能使之近；大能使之微，小能使之著；煩能不亂，肆能不流。』『能』之一字，足明老泉之得力，正不必與韓量長較短也。

論文鮮有極稱《穀梁》《孫》《吴》者，獨柳州曰：『參之《穀梁》以厲其氣。』老泉曰：『《孫》《吴》之簡切。』殆好必從其所類耶？

蘇老泉云：『風行水上，涣，此天下之至文也。』余謂大蘇文一瀉千里，小蘇文一波三折，亦本此意。

東坡文，亦孟子，亦賈長沙、陸敬輿，亦莊子，亦秦、儀。心目窒隘者，可資其博達以自廣，而不必概以純詣律之。

東坡文祇是拈來法，此由悟性絶人，故處處觸著耳。至其理有過於通而難守者，固不及備論。

東坡文雖打通墻壁説話，然立脚自在穩處。譬如舟行大海之中，把柁未嘗不定，視放言而不中權者异矣。

老子云：『信言不美，美言不信。』東坡文不乏信言可采，學者偏於美言嘆賞之，何故？

坡文多微妙語。其論文曰『快』、曰『達』、曰『了』，正爲非此不足以發微闡妙也。

『遠想出宏域，高步超常倫。』文家具此能事，則遇困皆通，且不妨故設困境，以顯通之之妙用也。大蘇文有之。

東坡讀《莊子》，嘆曰：『吾昔有見，口未能言；今見是書，得吾心矣。』後人讀東坡文，亦當有是語。蓋其過人處在能説得出，不但見得到已也。

東坡最善於没要緊底題，説没要緊底話，未曾有底題，説未曾有底話。抑所謂『君從何處看，得此無人態』耶？

歐文優游有餘，蘇文昭晰無疑。

介甫之文長於掃，東坡之文長於生。掃，故高；生，故贍。

東坡之文工而易，觀其言『秦得吾工，張得吾易』，分明自作贊語。

文潛卓識偉論過少游，然固在坡函蓋中。

子由稱歐陽公文『雍容俯仰，不大聲色，而義理自勝』。東坡《答張文潛書》謂子由文『汪洋澹泊，有一唱三嘆之聲，而其秀杰之氣，終不可没』。此豈有得於歐公者耶？

子由曰：『子瞻之文奇，吾文但穩耳。』余謂百世之文，總可以

『奇』『穩』兩字判之。

王震《南豐集序》云：『先生自負似劉向，不知韓愈爲何如爾。』序内却又謂其『衍裕雅重，自成一家』。噫！藉非能自成一家，亦安得爲善學劉向與？

曾文窮盡事理，其氣味爾雅深厚，令人想見『碩人之寬』。王介甫云：『夫安驅徐行，轥中庸之廷而造乎其室，捨二賢人者而誰哉？』二賢，謂正之、子固也。然則子固之文，即肖子固之爲人矣。

昌黎文意思來得硬直，歐、曾來得柔婉。硬直見本領，柔婉正復見涵養也。

韓文學不掩才，故雖『約六經之旨而成文』，未嘗不自我作古。至歐、曾則不敢直以作者自居，較之韓若有『智崇禮卑』之别。

王介甫文取法孟、韓。曾子固《與介甫書》述歐公之言曰：『孟、韓文雖高，不必似之也，取其自然耳。』則其學之所幾與學之過當，俱可見矣。

王安石《解孟子》十四卷，爲崇、觀間舉子所宗，説見《郡齋讀書後志》。觀介甫《上人書》有云：『孟子曰：「君子欲其自得之也。」孟子之云爾，非直施於文而已，然亦可托以爲作文之本意。』是則《解孟》亦豈無意於文乎？

介甫文之得於昌黎，在『陳言務去』。其譏韓有『力去陳言誇末俗』之句，實乃心鄉往之。

曾子固稱介甫文學不減揚雄，而介甫《咏揚雄》亦云：『千古雄文造聖真，眇然幽息入無倫。』慕其文者如此其深，則必效之惟恐不及矣。

介甫文兼似荀、揚。荀，好爲其矯；揚，好爲其難。

柳州作《非國語》，而文學《國語》；半山謂荀卿『好妄』，荀卿『不知禮』，而文亦頗似《荀子》。文家不以眥嚮爲弃取，正如東坡所謂『我憎孟郊詩，復作孟郊語』也。

荆公文是能以品格勝者，看其人取我弃，自處地位儘高。

半山文善用揭過法，衹下一二語，便可掃却他人數大段，是何簡貴！

謝疊山評荆公文曰：『筆力簡而健。』余謂南人文字，失之冗弱者十常八九，殆非如荆公者不足以矯且振之。

半山文瘦硬通神，此是江西本色，可合黄山谷詩派觀之。

荆公《游褒禪山記》云：『入之愈深，其進愈難，而其見愈奇。』余謂『深』『難』『奇』三字，公之學與文得失并見於此。

介甫文於下愚及中人之所見，皆剥去不用，此其長也；至於上智之所見，亦剥去不用，則病痛非小。

介甫《上邵學士書》云：『某嘗患近世之文，辭弗顧於理，理弗顧於事，以襞積故實爲有學，以雕繪語句爲精新。譬之擷奇花之英，積而玩之，雖光華馨采，鮮縟可愛，求其根柢濟用，則蔑如也。』又《上人書》云：『所謂文者，務爲有補於世而已矣。所謂辭者，猶器之有刻鏤繪畫也。誠使巧且華，不必適用；誠使適用，亦不必巧且華。』余謂介甫之文，洵异於尚辭巧華矣，特未思免於此弊，仍未必濟用、適用耳。

半山文其猶藥乎？治病可以致生，養生或反致病。

半山説得世人之病好，衹是他立處未是。

介甫文每言及骨肉之情，酸惻嗚咽，語語自腑肺中流出，他文却未能本此意擴而充之。

李泰伯文，朱子謂其『自大處起議論，如古《潛夫論》之類』。劉壎《隱居通議》謂其所作《袁州學記》『高出歐、蘇，百世不朽』。按：泰伯之學，深於《周禮》，其所爲文，率皆法度謹嚴。《宋史》本傳但載其所上《明堂定制圖序》，尚非其極也。東坡謂嘗見泰伯自述其文曰：『天將壽我與，所爲固未足也；不然，斯亦足以藉手見古人矣。』觀是言，其生平之力勤詣卓具見。

劉原父文好摹古，故論者譽呰參半。然其於學無所不究，其大者如解《春秋》，多有古人所未言。朝廷每有禮樂之事，必就其家以取決，豈曰文焉已哉！即以文論，歐公爲作墓志，稱其『立馬却坐，一揮九制，文辭典雅，各得其體』，朱子稱其『才思極多，涌將出來』，亦可見其崖略矣。

李忠定奏疏，論事指畫明豁，其天資似更出陸宣公上。然觀其《書檄志》云：『一應書檄之作，皆當以陸宣公爲法。』則知得於宣公者深矣。

朱子之文，表裏瑩徹。故平平説出，而轉覺矜奇者之爲庸；明明説出，而轉覺恃奧者之爲淺。其立定主意，步步回顧，方遠而近，似斷而連，特其餘事。

朱子云：『余年二十許時，便喜讀南豐先生之文而竊慕效之，竟以才力淺短，不能遂其所願。』又云：『某未冠而讀南豐先生之文，愛其詞嚴而理正，居常以爲人之爲言，必當如此，乃爲非苟作者。』朱子之服膺南豐如此，其得力尚須問耶？

陳龍川喜學歐文，嘗選歐文曰《歐陽文粹》。其序極與歐文相類，然他文却不盡似之。此如人飲水，冷暖自知，原不必字摹句擬，類於執迹以求履憲也。

陳同甫《上孝宗皇帝書》貶駁道學，至謂『今世之儒士，以爲得正心誠意之學者，皆風痹不知痛癢之人』。而其自跋《中興論》，復言『一日讀《楊龜山語録》，謂「人住得然後可以有爲，才智之士非有學力却住不得」，不覺恍然自失』。可見同甫之所駁者，乃無實之人，非龜山一流也。

陳同甫文，箴砭時弊，指畫形勢，自非紬於用者之比。如四《上孝宗皇帝書》及《中興五論》之類是也。特其意思揮霍，氣象張大，若使身任其事，恐不能耐煩持久。試觀趙營平、諸葛武侯之論事，何嘗揮霍張大如此！

陸象山文，《隱居通議》稱其《王荆公祠堂記》，又稱其《與楊守書》及《與徐子宜侍郎書》，且各繫以評語。余謂陸文得孟子之實，不容意爲去取，亦未易評。評之須如其《語録》中所謂『從天而下，從肝肺中流出，是自家有底物事』，乃庶幾焉。

後世學子書者，不求諸本領，專尚難字棘句，此乃大誤。欲爲此體，須是神明過人，窮極精奥，斯能托寓萬物，因淺見深，非光不足而强照者所可與也。唐、宋以前，蓋難備論。《郁離子》最爲晚出，雖體不盡純，意理頗有實用。

儒學、史學、玄學、文學，見《宋書·雷次宗傳》。大抵儒學本《禮》，荀子是也；史學本《書》與《春秋》，馬遷是也；玄學本《易》，莊子是也；文學本《詩》，屈原是也。後世作者，取塗弗越此矣。

《孔叢子》："宰我問："君子尚辭乎？"孔子曰："君子以理爲尚。"＂文中子曰："言文而不及理，是天下無文也。"昌黎雖嘗謂"辭不足不可以爲成文"，而必曰"學所以爲道，文所以爲理"。陸士衡《文賦》曰："理扶質以立幹。"劉彦和《文心雕龍》曰："精理爲文。"然則捨理而論文辭者，奚取焉？

文無論奇正，皆取明理。試觀文孰奇於《莊子》？而陳君舉謂其"憑虚而有理致"，况正於《莊子》者乎？

明理之文，大要有二，曰：闡前人所已發，擴前人所未發。

論事敘事，皆以窮盡事理爲先。事理盡後，斯可再講筆法。不然，離有物以求有章，曾足以適用而不朽乎？

揚子《法言》曰："事辭稱則經。"余謂不但事當稱乎辭而已，義尤欲稱也。觀《孟子》『其事則齊桓、晋文』數語可見。

言此事必深知此事，到得事理曲盡，則其文確鑿不可磨滅，如《考工記》是也。《梁書·蕭子雲傳》載其『著《晋史》，至《二王列傳》，欲作論草隸法，不盡意，遂不能成』。此亦見實事求是之意。

《易·繫傳》謂『易其心而後語』，揚子雲謂言爲『心聲』，可知言語亦心學也。况文之爲物，尤言語之精者乎？

志者，文之總持。文不同而志則一，猶鼓琴者聲雖改而操不變也。

善夫陶淵明之言曰：『常著文章自娱，頗示己志。』

或問淵明所謂『示己志』者，『己志』其有以别於人乎？曰：祇是稱心而言耳。使必以异人爲尚，豈天下之大，千古之遠，絶無同己者哉？

『聖人之情見乎辭』，爲作《易》言也。作者情生文，斯讀者文生情。

《易》教之神，神以此也。使情不稱文，豈惟人之難感，在己先『不誠無物』矣。

《文賦》：『意司契而爲匠。』文之宜尚意明矣。推而上之，聖人『書不盡言，言不盡意』，正以意無窮也。

《莊子》曰：『語之所貴者，意也。意有所隨。意之所隨者，不可以言傳也。而世因貴言傳書。』是知意之所以貴者，非徒然也。爲文者苟不知貴意，何論意之所隨者乎？

文以識爲主。認題立意，非識之高卓精審，無以中要。才、學、識三長，識爲尤重，豈獨作史然耶？

『出辭氣，斯遠鄙倍矣』，此以氣論辭之始。至昌黎《與李翊書》、柳州《與韋中立書》，皆論及於氣，而韓以氣歸之於養，立言較有本原。

自《典論·論文》以及韓、柳，俱重一『氣』字。余謂文氣當如《樂記》二語，曰：『剛氣不怒，柔氣不懾。』

文貴備四時之氣，然氣之純駁厚薄，尤須審辨。

韓昌黎《送陳秀才彤序》云：『文所以爲理耳。』《答李翊書》云：『氣，水也；言，浮物也。水大而物之浮者大小畢浮，氣盛則言之短長與聲之高下者皆宜。』周益公序《宋文鑒》曰：『臣聞文之盛衰主乎氣，辭之工拙存乎理。昔者帝王之世，人有所養，而教無异習。故其氣之盛也，如水載物，小大無不浮；其理之明也，如燭照物，幽隱無不通。』意蓋悉本昌黎。

文要與元氣相合，戒與盡氣相尋。翕聚、僨張，其大較矣。

《孔叢子》曰：『平原君謂公孫龍曰：「公無復與孔子高辯事也。

其人理勝於辭，公辭勝於理。」』揚子曰：『事辭稱則經。』韓昌黎則曰：『辭不足，不可以爲成文。』此『辭』字，大抵已包理事於其中。不然，得無如荀子所謂『惠子蔽於辭而不知實』者乎？

辭之患不外過與不及。《易·繫傳》曰『其辭文』，無不及也；《曲禮》曰『不辭費』，無太過也。

文中用字，在當不在奇。如宋子京好用奇字，亦一癖也。

文，辭也；質，亦辭也。博，辭也；約，亦辭也。質，其如《易》所謂『正言斷辭』乎？約，其如《書》所謂『辭尚體要』乎？

言辭者必兼及音節，音節不外諧與拗。淺者但知諧之是取，不知當拗而拗，拗亦諧也；不當諧而諧，諧亦拗也。

『書法』二字見《左傳》，爲文家言法之始。《莊子·寓言》篇曰『言而當法』。晁公武稱陳壽《三國志》『高簡有法』。韓昌黎謂『經承子厚口講指畫爲文辭者，悉有法度可觀』。歐陽永叔稱尹師魯爲文章『簡而有法』。具見法之宜講。

『通其變，遂成天地之文』，『一闔一闢謂之變』，然則文法之變可知已矣。

兵形象水，惟文亦然。水之發源、波瀾、歸宿，所以示文之始、中、終，不已備乎？

揭全文之指，或在篇首，或在篇中，或在篇末。在篇首，則後必顧之；在篇末，則前必注之；在篇中，則前注之、後顧之。『顧』『注』，抑所謂『文眼』者也。

作短篇之法，不外『婉而成章』；作長篇之法，不外『盡而不污』。

《文心雕龍》謂『貫一爲拯亂之藥』，余謂『貫一』尤以泯形迹爲尚，唐僧皎然論詩所謂『抛針擲綫』也。

章法不難於續而難於斷。先秦文善斷，所以高不易攀。然『抛針擲綫』，全靠眼光不走；『注坡驀澗』，全仗韁轡在手。明斷，正取暗續也。

文章之道，斡旋驅遣，全仗乎筆。筆爲性情，墨爲形質。使墨之從筆，如雲濤之從風，斯無施不可矣。

一語爲千萬語所托命，是爲筆頭上擔得千鈞。然此一語正不在大聲以色，蓋往往有以輕運重者。

客筆主意，主筆客意。如《史記·魏世家贊》，昌黎《送董邵南游河北序》，皆是此訣。

義法居文之大要。《史記·十二諸侯年表序》稱孔子次《春秋》，『約其辭文，去其煩重，以制義法』，此言『義法』之始也。

長於理則『言有物』，長於法則『言有序』。治文者矜言『物』『序』，何不實於『理』『法』求之？

文之尚理法者，不大勝亦不大敗；尚才氣者，非大勝則大敗。觀漢程不識、李廣，唐李勣、薛萬徹之爲將可見。

東坡《進呈陸宣公奏議札子》云：『藥雖進於醫手，方多傳於古人。』《上神宗皇帝書》云：『大抵事若可行，不必皆有故事。』蓋法高於意則用法，意高於法則用意，用意正其神明於法也。文章一道，何獨不然！

敘事之學，須貫六經、九流之旨；敘事之筆，須備五行、四時之氣。『維其有之，是以似之』，弗可易矣。

大書特書，牽連得書，敘事本此二法，便可推擴不窮。

敘事有寓理，有寓情，有寓氣，有寓識。無寓，則如偶人矣。

敘事有主意，如傳之有經也。主意定，則先此者爲先經，後此者爲後經，依此者爲依經，錯此者爲錯經。

敘事有特敘，有類敘，有正敘，有帶敘，有實敘，有借敘，有詳敘，有約敘，有順敘，有倒敘，有連敘，有截敘，有豫敘，有補敘，有跨敘，有插敘，有原敘，有推敘，種種不同。惟能綫索在手，則錯綜變化，惟吾所施。

敘事要有尺寸，有斤兩，有剪裁，有位置，有精神。

論事調諧，敘事調澀。《左氏》每成片引人言，是以論入敘，故覺諧多澀少也。

史莫要於表微，無論紀事纂言，其中皆須有表微意在。

爲人作傳，必人己之間，同弗是，异弗非，方能持理之平，而施之不枉其實。

傳中叙事，或叙其有致此之由而果若此，或叙其無致此之由而竟若此，大要合其人之志行與時位，而稱量以出之。

劉彦和謂群論立名，始於《論語》，不引《周官》『論道經邦』一語，後世誚之，其實過矣。《周官》雖有論道之文，然其所論者未詳。《論語》之言，則原委具在。然則論非《論語》奚法乎？

論不可使辭勝於理，辭勝理則以反人爲實，以勝人爲名，弊且不可勝言也。《文心雕龍·論説》篇解『論』字有『倫理有無』及『彌綸群言，研精一理』之説，得之矣。

有俊杰之論，有儒生、俗士之論。利弊明而是非審，其斯爲俊杰也與？

論之失，或在失出，或在失入。失出視失入，其猶愈乎？

法以去弊，亦易生弊。立論之當慎，與立法同。

論是非，所以定從違也。從違不可苟，是非可少紊乎？

人多事多難遍論，借一論之。一索引千鈞，是何關繫？

《文賦》云：『論精微而朗暢。』『精微』以意言，『朗暢』以辭言。『精微』者，不惟其難，惟其是；『朗暢』者，不惟其易，惟其達。

論不貴强下斷語。蓋有置此舉彼，從容叙述，而本事之理已曲到無遺者。

莊子曰：『六合之外，聖人存而不論；六合之內，聖人論而不議；《春秋》經世先王之志，聖人議而不辯。』余謂有不論、不議、不辯。論、議、辯斯當矣。

敘事要有法，然無識則法亦虛；論事要有識，然無法則識亦晦。

文有辭命一體，命與辭非出於一人也。古行人奉使，受命不受辭，觀展喜犒師，公使受命於展禽可見矣。若出於一人而亦曰辭命，則以主意爲命，以達其意者爲辭，義亦可通。

辭命之旨在忠告，其用却全在善道。奉使受命不受辭，蓋因時適變，自有許多衡量在也。

辭命亦衹敘事、議論二者而已。觀《左傳》中辭命可見。

辭命體，推之即可爲一切應用之文。應用文有上行，有平行，有下行。重其辭乃所以重其實也。

陳壽上《故蜀丞相諸葛亮故事》曰：『臯陶之謨略而雅，周公之誥煩而悉。何則？臯陶與舜、禹共談，周公與群下矢誓故也。』《晉書·李密傳》中語略與之同。辭命各有所宜，可由是意推之。

文之要，本領、氣象而已。本領欲其大而深，氣象欲其純而懿。

老子曰：『言有宗。』墨子曰：『立辭而不明於其類，則必困矣。』『宗』『類』二字，於文之體用包括殆盡。

文固要句句字字受命於主腦，而主腦有純駁平陂高下之不同，若非慎辨而去取之，則差若毫釐，繆以千里矣。

文之所尚，不外當無者盡無，當有者盡有。故昌黎《答李翊書》云：『惟陳言之務去。』《樊紹述墓志銘》云：『其富若生蓄，萬物必具。』柳州《愚溪詩序》云：『漱滌萬物，牢籠百態。』

文有以不言言者。《春秋》有書有不書，書之事顯，不書之意微矣。

文有寫處，有做處。人皆云云者，謂之寫；我獨云云者，謂之做。《左傳》《史記》兼用之。

乍見道理之人，言多理障；乍見故典之人，言多事障。故艱深正是淺陋，繁博正是寒儉。文家方以此自足而誇世，何耶？

『白賁』占於《賁》之上爻，乃知品居極上之文，衹是本色。

君子之文無欲，小人之文多欲。多欲者，美勝信；無欲者，信勝美。

文尚華者日落，尚實者日茂。其類在色老而衰，智老而多矣。

文有古近之分。大抵古樸而近華，古拙而近巧，古信己心而近取世譽，不是作散體便可名古文也。

文有三古：作古之言近於《易》，則古之言近於《禮》，治古之言近於《春秋》。

文貴法古，然患先有一『古』字橫在胸中。蓋文惟其是，惟其真。

捨是與真，而於形模求古，所貴於古者果如是乎？

文有七戒，曰：旨戒雜，氣戒破，局戒亂，語戒習，字戒僻，詳略戒失宜，是非戒失實。

《文心雕龍》以『隱秀』二字論文，推闡甚精。其云『晦塞非隱』『雕削非秀』，更爲善防流弊。

言外無窮者，茂也；言内畢足者，密也。漢文茂如西京，密如東京。

多用事與不用事，各有其弊。善文者滿紙用事，未嘗不空諸所有；滿紙不用事，未嘗不包諸所有。

善書者，點畫微而意態自足，點畫大而氣體不累。文之沉著、飄逸，當準是觀之。

治勝亂，至治勝治。至治之氣象，皡皡而已。文或秩然有條而轍迹未泯，更當躋而上之。

誦述古義，箴砭末俗，文之正變，即二者可以别之。

文有四時：《莊子》，『獨寐寤言』時也；《孟子》，『嚮明而治』時也；《離騷》，『風雨如晦』時也；《國策》，『飲食有訟』時也。

文有仰視，有俯視，有平視。仰視者，其言恭；俯視者，其言慈；平視者，其言直。

文有本位。孟子於本位毅然不避，至昌黎則漸避本位矣，永叔則避之更甚矣。凡避本位易窈眇，亦易選懦。文至永叔以後，方以避本位爲獨得之傳，蓋亦頗矣。

文之道，可約舉經語以明之，曰：『辭達而已矣』，『修辭立其誠』，『言近而指遠』，『辭尚體要』，『乃言厎可績』，『非先王之法言不敢言』，

『易其心而後語』。

文家得力處人不能識，如東坡《表忠觀碑》，王荆公問坐客畢竟似子長何語，坐客悚然是也。用力處人不能解，如歐陽公欲作文，先誦《史記·日者傳》是也。

《易·繫傳》：『物相雜故曰文。』《國語》：『物一無文。』徐鍇《説文·通論》：『强弱相成，剛柔相形，故於文，「人乂」爲「文」。』《朱子語録》：『兩物相對待，故有文，若相離去，便不成文矣。』爲文者，盍思文之所由生乎？

《左傳》：『言之無文，行而不遠。』後人每不解何以謂之無文，不若仍用《外傳》作注，曰：『物一無文。』

《國語》言『物一無文』，後人更當知物無一則無文。蓋一乃文之真宰，必有一在其中，斯能用夫不一者也。

古人或名文曰筆。《梁書·庾肩吾傳》太子與湘東王書曰：『謝脁、沈約之詩，任昉、陸倕之筆。』筆對詩言者，蓋言志之謂詩，述事之謂筆也。其實筆本對口談而言，《晋書·樂廣傳》：『廣善清言，而不長於筆。將讓尹，請潘岳爲表，岳曰：「當得君意。」廣乃作二百句語述己之志。岳因取次比，便成名筆。時人咸云：「若廣不假岳之筆，岳不取廣之旨，無以成斯美也。」』昌黎亦云：『不惟舉之於其口，而又筆之於其書。』觀此而筆之所以命名者見矣。然昌黎於筆多稱文，如謂『漢朝人莫不能爲文，獨司馬相如、太史公、劉向、揚雄爲之最』是也。

卷二 詩概

《詩緯含神霧》曰：『詩者，天地之心。』文中子曰：『詩者，民之性情也。』此可見詩爲天人之合。

『詩言志』，孟子『文辭志』之説所本也。『思無邪』，子夏《詩序》『發乎情，止乎禮義』之説所本也。

《關雎》取『摯而有别』，《鹿鳴》取『食則相呼』。凡詩能得此旨，皆應乎《風》《雅》者也。

《詩序》：『風，風也。風以動之。』可知風之義至微至遠矣。觀《二南》咏歌文王之化，辭意之微遠何如？

變風始《柏舟》。《柏舟》與《離騷》同旨，讀之當兼得其人之志與遇焉。

《大雅》之變，具憂世之懷；《小雅》之變，多憂生之意。

《頌》固以美盛德之形容，然必原其所以至之之由，以寓勸勉後人之意，則義亦通於《雅》矣。

《雅》《頌》相通，如《頌·閔予小子》《訪落》《敬之》《小毖》近《雅》；《雅·生民》《篤公劉》近《頌》。

『穆如清風』『肅雝和鳴』，《雅》《頌》之懿，兩言可蔽。

《詩序正義》云：『比與興，雖同是附托外物，比顯而興隱，當先顯後隱，故比居先也。《毛傳》特言興也，爲其理隱故也。』案《文心雕龍·比興》篇云：『毛公述《傳》，獨標興體，豈不以風异而賦同，比顯而興隱哉！』《正義》蓋本於此。

「取象曰比，取義曰興」，語出皎然《詩式》，即劉彥和所謂「比顯興隱」之意。

《詩》，自樂是一種，「衡門之下」是也；自勵是一種，「坎坎伐檀兮」是也；自傷是一種，「出自北門」是也；自譽自嘲是一種，「簡兮簡兮」是也；自警是一種，「抑抑威儀」是也。

「心之憂矣，其誰知之」，此詩人之憂過人也；「獨寐寤言，永矢弗告」，此詩人之樂過人也。憂世樂天，固當如是。

「皎皎白駒，在彼空谷」，出乎外也；「我任我輦，我車我牛」，入乎中也。「雝雝鳴雁，旭日始旦」，宜其始也；「風雨如晦，雞鳴不已」，持其終也。

真西山《文章正宗·綱目》云：「《三百五篇》之詩，其正言義理蓋無幾，而諷咏之間，悠然得其性情之正，即所謂義理也。』余謂詩或寓義於情而義愈至，或寓情於景而情愈深，此亦《三百五篇》之遺意也。

詩喻物情之微者，近《風》；明人治之大者，近《雅》；通天地鬼神之奧者，近《頌》。

《離騷》，淮南王比之《國風》《小雅》，朱子《楚辭集注》謂『其語祀神之盛幾乎《頌》』。李太白《古風》云：『正聲何微茫，哀怨起騷人。』蓋有《詩》亡《春秋》作之意，非抑《騷》也。

劉勰《辨騷》謂《楚辭》『體慢於三代，風雅於戰國』。顧論其體不如論其志，志苟可質諸三代，雖謂『易地則皆然』可耳。

漢武帝《秋風辭》，《風》也；《瓠子歌》，《雅》也。《瓠子歌》憂民之思，足繼《雲漢》，文中子何但以《秋風》爲悔志之萌耶？

武帝《秋風辭》《瓠子歌》《柏梁與群臣賦詩》，後世得其一體，皆足成一大宗，而帝之爲大宗不待言矣。

或問《安世房中歌》與孝武《郊祀》諸歌孰爲奇正？曰：《房中》，正之正也；《郊祀》，奇而正也。

漢《郊祀》諸樂府，以樂而象禮者也。所以典碩肅穆，視他樂府別爲一格。

秦碑有韵之文質而勁，漢樂府典而厚。如商、周二《頌》，氣體攸別。

質而文，直而婉，《雅》之善也。漢詩《風》與《頌》多，而《雅》少。《雅》之義，非韋傅《諷諫》，其孰存之？

李陵贈蘇武五言，但叙別愁，無一語及於事實，而言外無窮，使人黯然不可爲懷。至『徑萬里兮度沙幕』一歌，意味頗淺，而《漢書·蘇武傳》

載之以爲陵作，其果然乎？

《古詩十九首》與蘇、李同一悲慨，然《古詩》兼有豪放曠達之意，與蘇、李之一於委曲含蓄，有陽舒陰慘之不同。知人論世者，自能得諸言外，固不必如鍾嶸《詩品》謂《古詩》『出於《國風》』，李陵『出於《楚辭》』也。

《十九首》鑿空亂道，讀之自覺四顧躊躇，百端交集。詩至此，始可謂其中有物也已！

曹公詩氣雄力堅，足以籠罩一切，建安諸子，未有其匹也。子建則隱有『仁義之人，其言藹如』之意。鍾嶸品詩，不以『古直悲凉』加於『人倫周、孔』之上，豈無見乎！

曹子建《贈丁儀王粲》有云：『歡怨非貞則，中和誠可經。』此意足推風雅正宗。至『骨氣』『情采』，則鍾仲偉論之備矣。

公幹氣勝，仲宣情勝，皆有陳思之一體。後世詩率不越此兩宗。

陸士衡詩，粗枝大葉，有失出，無失入，平實處不妨屢見。正其無人之見存，所以獨到處亦躋卓絕，豈如沾沾戔戔者，才出一言，便欲人道好耶！

劉彦和謂士衡矜重，而近世論陸詩者，或以累句訾之。然有累句，無輕句，便是大家品位。

士衡樂府，金石之音，風雲之氣，能令讀者驚心動魄。雖子建諸樂府，且不得專美於前，他何論焉！

阮嗣宗《咏懷》，其旨固爲淵遠，其屬辭之妙，去來無端，不可蹤迹。

從來如射洪《感遇》、太白《古風》，猶瞻望弗及矣。

叔夜之詩峻烈，嗣宗之詩曠逸。夷、齊不降不辱，虞仲、夷逸隱居放言，趣尚乃自古別矣。

野者，詩之美也。故表聖《詩品》中有『疏野』一品。若鍾仲偉謂左太冲『野於陸機』，野乃不美之辭。然太冲是豪放，非野也，觀《咏史》可見。

張景陽詩開鮑明遠。明遠遒警絶人，然練不傷氣，必推景陽獨步。『苦雨』諸詩，尤爲高作。故鍾嶸《詩品》獨稱之。《文心雕龍·明詩》云：『景陽振其麗。』『麗』何足以盡景陽哉！

劉公幹、左太冲詩壯而不悲，王仲宣、潘安仁悲而不壯，兼悲壯者，其惟劉越石乎？

孔北海《雜詩》：『呂望老匹夫』，『管仲小囚臣』。劉越石《重贈盧諶》詩：『惟彼太公望，昔在渭濱叟。』又稱『小白相射鈎』。於漢於晉，興復之志同也。北海言：『人生有何常，但患年歲暮。』越石言：『時哉不我與，去乎若雲浮。』其欲及時之志亦同也。鍾嶸謂越石詩出於王粲，以格言耳。

劉越石詩，定亂扶衰之志；郭景純詩，除殘去穢之情。第以『清剛』『儁上』目之，殆猶未覘厥蘊。

嵇叔夜、郭景純皆亮節之士，雖《秋胡行》貴玄默之致，《游仙詩》假棲遁之言，而激烈悲憤，自在言外，乃知識曲宜聽其真也。

曹子建、王仲宣之詩出於《騷》，阮步兵出於《莊》，陶淵明大要出於《論語》。

陶詩有『賢哉回也』『吾與點也』之意，直可嗣洙、泗遺音。其貴尚節義，如咏荆卿、美田子泰等作，則亦孔子賢夷、齊之志也。

陶詩『吾亦愛吾廬』，我亦具物之情也；『良苗亦懷新』，物亦具我之情也。《歸去來辭》亦云：『善萬物之得時，感吾生之行休。』

陶詩云：『願言躡清風，高舉尋吾契。』又云：『即事如已高，何必升華嵩。』可見其玩心高明，未嘗不脚踏實地，不是倜然無所歸宿也。

鍾嶸《詩品》謂阮籍《咏懷》之作，『言在耳目之内，情寄八荒之表』。余謂淵明《讀山海經》，言在八荒之表，而情甚親切，尤詩之深致也。

詩可數年不作，不可一作不真。陶淵明自庚子距丙辰十七年間，作詩九首，其詩之真，更須問耶？彼無歲無詩，乃至無日無詩者，意欲何明？

謝才顔學，謝奇顔法，陶則兼而有之，大而化之，故其品爲尤上。

陶、謝用理語各有勝境。鍾嶸《詩品》稱『孫綽、許詢、桓、庾諸公詩，皆平典似《道德論》』。此由乏理趣耳，夫豈尚理之過哉？

謝客詩刻畫微眇，其造語似子處，不用力而功益奇，在詩家爲獨闢之境。

康樂詩較顏爲放手，較陶爲刻意，煉句用字，在生熟深淺之間。

沈約《宋書·謝靈運傳論》謂靈運『興會標舉』，延年『體裁明密』，所以示學兩家者，當相濟有功，不必如惠休上人好分優劣。

顏延年詩體近方幅，然不失爲正軌，以其字字稱量而出，無一苟下也。文中子稱之曰：『其文約以則，有君子之心。』蓋有以觀其深矣。

延年詩長於廊廟之體，然如《五君咏》，抑何善言林下風也。所藴之富，亦可見矣。

左太冲《咏史》似論體，顏延年《五君咏》似傳體。

韋傅《諷諫詩》，經家之言；阮嗣宗《咏懷》，子家之言；顏延年《五君咏》，史家之言；張景陽《雜詩》，辭家之言。

『孤蓬自振，驚沙坐飛』，此鮑明遠賦句也。若移以評明遠之詩，頗復相似。

明遠長句，慷慨任氣，磊落使才，在當時不可無一，不能有二。杜少陵《簡薛華醉歌》云：『近來海内爲長句，汝與山東李白好。何劉沈謝力未工，才兼鮑照愁絶倒。』此雖意重推薛，然亦見鮑之長句，何、劉、沈、謝均莫及也。

陳孔璋《飲馬長城窟》機軸開鮑明遠。惟陳純乎質，而鮑濟以妍，所以涉其流者，忘其發源所自。

謝玄暉詩以情韵勝，雖才力不及明遠，而語皆自然流出，同時亦未有其比。

江文通詩，有淒涼日暮，不可如何之意。此詩之多情而人之不濟也。雖長於雜擬，於古人蒼壯之作亦能肖吻，究非其本色耳。

庾子山《燕歌行》開唐初七古，《烏夜啼》開唐七律，其他體爲唐五絶、五律、五排所本者，尤不可勝舉。

隋楊處道詩，甚爲雄深雅健。齊、梁文辭之弊，貴清綺不重氣質，得此可以矯之。

唐初四子，源出子山。觀少陵《戲爲六絶句》專論四子，而第一首起句便云『庾信文章老更成』，有意無意之間，驪珠已得。

唐初四子沿陳、隋之舊，故雖才力迴絶，不免致人异議。陳射洪、張曲江獨能超出一格，爲李、杜開先。人文所肇，豈天運使然耶？

曲江之《感遇》出於《騷》，射洪之《感遇》出於《莊》，纏綿超曠，各有獨至。

太白詩以《莊》《騷》爲大源，而於嗣宗之淵放，景純之儁上，明遠之驅邁，玄暉之奇秀，亦各有所取，無遺美焉。

《宣和書譜》稱賀知章「草隸佳處，機會與造化爭衡，非人工可到」。余謂太白詩佳處亦如之。

太白詩舉止極其高貴，不下商山采芝人語。

海上三山，方以爲近，忽又是遠。太白詩言在口頭，想出天外，殆亦如是。

李詩鑿空而道，歸趣難窮，由《風》多於《雅》，興多於賦也。

「有時白雲起，天際自舒卷」，「却顧所來徑，蒼蒼橫翠微」，即此四語，想見太白詩境。

太白與少陵同一志在經世，而太白詩中多出世語者，有爲言之也。屈子《遠游》曰：『悲時俗之迫厄兮，願輕舉而遠游。』使疑太白誠欲出世，亦將疑屈子誠欲輕舉耶？

太白云『日爲蒼生憂』，即少陵『窮年憂黎元』之志也；『天地至廣大，何惜遂物情』，即少陵『盤飧老夫食，分減及溪魚』之志也。

太白詩雖若升天乘雲，無所不之，然自不離本位。故放言實是法言，非李赤之徒所能托也。

幕天席地，友月交風，原是平常過活，非廣己造大也。太白詩當以此意讀之。

『以友天下之善士爲未足，又尚論古之人』，神仙，猶古之人耳。故知太白詩好言神仙，衹是將神仙當賢友，初非鄙薄當世也。

太白詩言俠、言仙、言女、言酒，特借用樂府形體耳。讀者或認作真身，豈非皮相。

學太白詩，當學其體氣高妙，不當襲其陳意。若言仙、言酒、言俠、言女，亦要學之，此僧皎然所謂『鈍賊』者也。

學太白者，常曰『天然去雕飾』足矣。余曰：此得手處，非下手處也。必取太白句意以爲祈嚮，盍云『獵微窮至精』乎？

杜詩高、大、深俱不可及。吐弃到人所不能吐弃，爲高；涵茹到人所不能涵茹，爲大；曲折到人所不能曲折，爲深。

『不敢要佳句，愁來賦別離』二句，是杜詩全旨。凡其云『念闕勞肝肺』，『弟妹悲歌裏』，『窮年憂黎元』，無非離愁而已矣。

頌其詩貴知其人。先儒謂杜子美情多，得志必能濟物，可爲看詩之法。

太白早好縱横，晚學黄、老，故詩意每托之以自娱。少陵一生却祇在儒家界内。

杜詩云『畏人嫌我真』，又云『直取性情真』。一自咏，一贈人，皆於論詩無與，然其詩之所尚可知。

杜詩祇『有』『無』二字足以評之。有者，但見性情氣骨也；無者，不見語言文字也。

杜陵云：『篇終接混茫。』夫『篇終』而『接混茫』，則全詩亦可知矣。且有混茫之人，而後有混茫之詩，故莊子云：『古之人在混茫之中。』

意欲沉著，格欲高古。持此以等百家之詩，於杜陵乃無遺憾。

少陵云：『詩清立意新。』又云：『賦詩分氣象。』作者本取『意』與『氣象』相兼，而學者往往奉一以爲宗派焉。

杜陵五七古叙事，節次波瀾，離合斷續，從《史記》得來，而蒼莽雄直之氣，亦逼近之。畢仲游但謂杜甫似司馬遷，而不繫一辭，正欲使人自得耳。

『細筋入骨如秋鷹』，『字外出力中藏稜』，《史記》、杜詩其有焉。

近體氣格高古尤難，此少陵五排、五七律所以品居最上。

少陵以前律詩，枝枝節節爲之，氣斷意促，前後或不相管攝，實由於古體未深耳。少陵深於古體，運古於律，所以開闔變化，施無不宜。

杜詩有不可解及看不出好處之句。『文章千古事，得失寸心知』，少陵嘗自言之。作者本不求知，讀者非身當其境，亦何容强臆耶！

昌黎煉質，少陵煉神。昌黎無疏落處，而少陵有之。然天下之至密，莫少陵若也。

少陵於鮑、庾、陰、何樂推不厭。昌黎云：『齊梁及陳隋，衆作等蟬噪。』韓之論高而疏，不若杜之大而實也。

論李、杜詩者，謂太白志存復古，少陵獨開生面；少陵思精，太白韵高。然真賞之士，尤當有以觀其合焉。

王右丞詩，一種近孟襄陽，一種近李東川，清高名雋，各有宜也。

王摩詰詩，好處在無世俗之病。世俗之病，如恃才騁學，做身分，好攀引，皆是。

劉文房詩，以研煉字句見長，而清贍閑雅，蹈乎大方。其篇章亦儘有法度，所以能斷截晚唐家數。

高適詩，兩《唐書》本傳并稱其『以氣質自高』。今即以七古論之，體或近似唐初，而魄力雄毅，自不可及。

高常侍、岑嘉州兩家詩，皆可亞匹杜陵。至岑超高實，則趣尚各有近焉。

元道州著書有《惡圓》《惡曲》等篇，其詩亦一肚皮不合時宜。然剛者必仁，此公足以當之。

孔門如用詩，則於元道州必有取焉，可由『思狂狷』知之。『獨挺於流俗之中，强攘於已溺之後。』元次山以此序沈千運詩，亦以自寓也。

次山詩令人想見『立意較然，不欺其志』。其疾官邪、輕爵禄，意皆起於惻怛爲民，不獨《春陵行》及《賊退示官吏》作，足使杜陵感喟也。

元、韋兩家皆學陶。然蘇州猶多一『慕陶直可庶』之意，吾尤愛次山以不必似爲真似也。

韋蘇州憂民之意如元道州，試觀《高陵書情》云：『兵凶久相踐，徭賦豈得閑。促戚下可哀，寬政身致患。日夕思自退，出門望故山。』此可與《春陵行》《賊退示官吏》作并讀，但氣別婉勁耳。

錢仲文、郎君胄大率衍王、孟之緒，但王、孟之渾成，却非錢、郎所及。

王、孟及大曆十子詩，皆尚清雅，惟格止於此而不能變，故猶未足籠罩一切。

詩文一源。昌黎詩有正有奇。正者，即所謂『約《六經》之旨而成文』；奇者，即所謂『時有感激怨懟奇怪之辭』。

昌黎《贈張籍》云：『此日足可惜，此酒不足嘗。』儒者之言，所由與任達者异。

太白詩多有羨於神仙者，或以喻超世之志，或以喻死而不亡，俱不可知。若昌黎云：『安能從汝巢神山。』此固鄙夷不屑之意，然亦何必非寓言耶？

昌黎詩陳言務去，故有倚天拔地之意。《山石》一作，辭奇意幽，可爲《楚辭·招隱士》對，如柳州《天對》例也。

昌黎七古出於《招隱士》，當於意思刻畫、音節遒勁處求之。使第謂出於《柏梁》，猶未之盡。

『若使乘酣騁雄怪』，此昌黎《酬盧雲夫望秋作》之句也。統觀昌黎詩，頗以雄怪自喜。

昌黎詩往往以醜爲美，然此但宜施之古體，若用之近體，則不受矣。是以言各有當也。

昌黎自言『其行己不敢有愧於道』，余謂其取友亦然。觀其《寄盧仝》云：『先生事業不可量，惟用法律自繩己。』《薦孟郊》云：『行身踐規矩，甘辱耻媚竈。』以盧、孟之詩名，而韓所盛推，乃在人品，真千古論詩之極則也哉！

昌黎《送孟東野序》稱其詩以附於古之作者。《薦士》詩以『横空盤硬語，妥帖力排奡』目之。又《醉贈張秘書》云：『東野動驚俗，天葩吐奇芬。』韓之推孟也至矣。後人尊韓抑孟，恐非韓意。

昌黎、東野兩家詩，雖雄富清苦不同，而同一好難争險。惟中有質實深固者存，故較李長吉爲老成家數。

孟東野詩好處，黃山谷得之，無一軟熟句；梅聖俞得之，無一熱俗句。

陶、謝并稱，韋、柳并稱。蘇州出於淵明，柳州出於康樂，殆各得其性之所近。

韋云『微雨夜來過，不知春草生』，是道人語。柳云『迴風一蕭瑟，林影久參差』，是騷人語。

劉夢得詩稍近徑露，大抵骨勝於白，而韻遜於柳。要其名雋獨得之句，柳亦不能掩也。

尊老杜者病香山，謂其『拙於紀事，寸步不移，猶恐失之』，不及杜之『注坡驀澗』，似也。至《唐書·白居易傳贊》引杜牧語，謂其詩『纖艷不逞，非莊士雅人所爲。流傳人間，交口教授，入人肌骨不可去』。此文人相輕之言，未免失實。

白香山《與元微之書》曰：『僕志在兼濟，行在獨善，奉而始終之則爲道，言而發明之則爲詩。謂之諷諭詩，兼濟之志也；謂之閑適詩，獨善之義也。』余謂詩莫貴於知道，觀香山之言，可見其或出或處，道無不在。

代匹夫匹婦語最難，蓋飢寒勞困之苦，雖告人，人且不知，知之必物我無間者也。杜少陵、元次山、白香山不但如身入閭閻，目擊其事，直與疾病之在身者無异。頌其詩，顧可不知其人乎？

常語易，奇語難，此詩之初關也；奇語易，常語難，此詩之重關也。香山用常得奇，此境良非易到。

白香山樂府，與張文昌、王仲初同爲自出新意。其不同者，在此平曠而彼峭窄耳。

杜樊川詩雄姿英發，李樊南詩深情綿邈。其後李成宗派而杜不成，殆以杜之較無窠臼與？

詩有借色而無真色，雖藻繢實死灰耳。李義山却是絢中有素。敖器之謂其『綺密瑰妍，要非適用』，豈盡然哉？至或因其《韓碑》一篇，遂疑氣骨與退之無二，則又非其質矣。

宋王元之詩自謂樂天後進，楊大年、劉子儀學義山爲西崑體，格雖不高，五代以來，未能有其安雅。

東坡謂歐陽公『論大道似韓愈，詩賦似李白』。然試以歐詩觀之，雖曰似李，其刻意形容處，實於韓爲逼近耳。

歐陽永叔出於昌黎，梅聖俞出於東野。歐之推梅不遺餘力，與昌黎推東野略同。

聖俞詩深微難識，即觀歐陽公云：『知聖俞者莫如修，常問聖俞生平所最好句，聖俞所自負者，皆修所不好；聖俞所卑下者，皆修所極賞。』是其苦心孤詣，且不欲徇非常人之意，况肯徇常人意乎？

梅、蘇并稱。梅詩幽淡極矣，然幽中有雋，淡中有旨；子美雄快，令人見便擊節。然雄快不足以盡蘇，猶幽淡不足以盡梅也。

王荆公詩學杜，得其瘦硬，然杜具熱腸，公惟冷面，殆亦如其文之學韓，同而未嘗不异也。

東坡詩打通後壁説話，其精微超曠，真足以開拓心胸，推倒豪杰。

東坡詩推倒扶起，無施不可，得訣衹在能透過一層，及善用翻案耳。

東坡詩善於空諸所有，又善於無中生有，機括實自禪悟中來。以辯才三昧而爲韵言，固宜其舌底瀾翻如是。

滔滔汩汩説去，一轉便見主意，《南華》《華嚴》最長於此。東坡古詩，慣用其法。

陶詩醇厚，東坡和之以清勁。如宫商之奏，各自爲宫，其美正復不相掩也。

東坡《題與可畫竹》云：『無窮出清新。』余謂此句可爲坡詩評語，豈偶借與可以自寓耶？杜於李亦以『清新』相目，詩家『清新』二字，均非易得。元遺山於坡詩，何乃以『新』譏之！

東坡、放翁兩家詩，皆有豪有曠。但放翁是有意要做詩人，東坡雖爲詩而仍有夷然不屑之意，所以尤高。

退之詩豪多於曠，東坡詩曠多於豪。豪曠非中和之則，然賢者亦多出入於其中，以其與齪齪之腸胃，固遠絶也。

遇他人以爲極艱極苦之境，而能外形骸以理自勝，此韓、蘇兩家詩意所同。

東坡詩，意頹放而語遒警，頹放過於太白，遒警亞於昌黎。

太白長於風，少陵長於骨，昌黎長於質，東坡長於趣。

詩以出於《騷》者爲正，以出於《莊》者爲變。少陵純乎《騷》，太白在《莊》《騷》間，東坡則出於《莊》者十之八九。

山谷詩未能若東坡之行所無事，然能於詩家因襲語漱滌務盡，以歸獨得，乃如『潦水盡而寒潭清』矣。

山谷詩取過火一路，妙能出之以深雋，所以露中有含，透中有皺，令人一見可喜，久讀愈有致也。

無一意一事不可入詩者，唐則子美，宋則蘇、黄。要其胸中具有爐錘，不是金銀銅鐵强令混合也。

唐詩以情韵氣格勝。宋蘇、黄皆以意勝，惟彼胸襟與手法俱高，故不以精能傷渾雅焉。

陳言務去，杜詩與韓文同。黄山谷、陳後山諸公學杜在此。

杜詩雄健而兼虚渾。宋西江名家學杜，幾於瘦硬通神，然於水深林茂之氣象則遠矣。

西崑體貴富實貴清，襞積非所尚也；西江體貴清實貴富，寒寂非所尚也。

西崑體所以未入杜陵之室者，由文滅其質也。質文不可偏勝。西江之矯西崑，浸而愈甚，宜乎復詒口實與！

西江名家好處，在鍛煉而歸於自然。放翁本學西江者，其云：『文章本天成，妙手偶得之。』平昔鍛煉之功，可於言外想見。

放翁詩明白如話，然淺中有深，平中有奇，故足令人咀味。觀其《齋中弄筆》詩云：『詩雖苦思未名家。』雖自謙，實自命也。

詩能於易處見工，便覺親切有味。白香山、陸放翁擅場在此。

朱子《感興詩》二十篇，高峻寥曠，不在陳射洪下。蓋惟有理趣而無理障，是以至爲難得。

嬰孩始言，唯『俞』而已，漸乃由一字以至多字。字少者含蓄，字多者發揚也。是則五言七言，消息自有別矣。

五言如《三百篇》，七言如《騷》。《騷》雖出於《三百篇》，而境界一新，蓋醇實瑰奇，分數較有多寡也。

五言質，七言文；五言親，七言尊。幾見田家詩而多作七言者乎？幾見骨肉間而多作七言者乎？

五言與七言因乎情境。如《孺子歌》『滄浪之水清兮』，平澹天真，於五言宜；甯戚歌『滄浪之水白石粲』，豪蕩感激，於七言宜。

五言尚安恬，七言尚揮霍。安恬者，前莫如陶靖節，後莫如韋左司；揮霍者，前莫如鮑明遠，後莫如李太白。

五言要如山立時行，七言要如鼞鼓軒舞。

五言無閑字易，有餘味難；七言有餘味易，無閑字難。

七言於五言，或較易亦或較難，或較便亦或較累。蓋善爲者如多兩人任事，不善爲者如多兩人坐食也。

或謂七言如挽强用長。余謂更當挽强如弱，用長如短，方見能事。

潘邠老謂七言詩第五字要響，如『返照入江翻石壁，歸雲擁樹失山村』，『翻』字、『失』字；五言詩第三字要響，如『圓荷浮小葉，細麥落輕花』，『浮』字、『落』字。余謂此例何可盡拘？但論句中自然之節奏，則七言可以上四字作一頓，五言可以上二字作一頓耳。

五言上二字下三字，足當四言兩句，如『終日不成章』之於『終日七襄，不成報章』是也。七言上四字下三字，足當五言兩句，如『明月皎皎照我床』之於『明月何皎皎，照我羅床幃』是也。是則五言乃四言之約，七言乃五言之約矣。太白嘗有『寄興深微，五言不如四言，七言又其靡也』之説。此特意在尊古耳，豈可不達其意而誤增閑字以爲五七哉！

詩有合兩句成七言者，如『君子有酒旨且多』『夜如何其夜未央』是也；有合兩句成五言者，如『祈父亶不聰』是也。後世七言每四字作一頓，五言每兩字作一頓，而五言亦或第三字屬上，上下間皆可以『兮』字界之。

七言講音節者，出於漢《郊祀》諸樂府；羅事實者，出於《柏梁詩》。

七言爲五言之慢聲，而長短句互用者，則以長句爲慢聲，以短句爲急節。此固不當與句句七言者并論也。

五言第二字與第四字，第三字與第五字，七言第二字與第四字，第四字與第六字，第五字與第七字，平仄相同則音拗，异則音諧。講古詩聲調者，類多避諧而取拗。然其間蓋有天籟，不當止以能拗爲古。

善古詩必屬雅材。俗意、俗字、俗調，苟犯其一，皆古之弃也。

凡詩不可以助長，五古尤甚。故詩不善於五古，他體雖工弗尚也。

《書譜》云：『思慮通審，志氣和平，不激不厲，而風規自遠。』爲五古者，宜亦有取於斯言。

七古可命爲古近二體，近體曰駢、曰諧、曰麗、曰綿，古體曰單、曰拗、曰瘦、曰勁。一尚風容，一尚筋骨。此齊梁、漢魏之分，即初、盛唐之所以別也。

論詩者謂唐初七古氣格雖卑，猶有樂府之意；亦思樂府非此體所能盡乎？豪杰之士，焉得不更思進取！

唐初七古，節次多而情韵婉，咏嘆取之；盛唐七古，節次少而魄力雄，鋪陳尚之。

伏應轉接，夾叙夾議，開闔盡變，古詩之法。近體亦俱有之，惟古詩波瀾較爲壯闊耳。

律與絶句，行間字裏，須有曖曖之致。古體較可發揮盡意，然亦須有不盡者存。

律詩取律呂之義，爲其和也；取律令之義，爲其嚴也。

律詩要處處打得通，又要處處跳得起。草蛇灰綫，生龍活虎，兩般能事，當以一手兼之。

律詩主意拿得定，則開闔變化，惟我所爲。少陵得力在此。

律詩主句或在起，或在結，或在中，而以在中爲較難。蓋限於對偶，非高手爲之，必至物而不化矣。

律詩聲諧語儷，故往往易工而難化。能求之章法，不惟於字句爭長，則體雖近而氣脉入古矣。

起有分合緩急，收有虛實順逆，對有反正平串，接有遠近曲直。欲窮律法之變，必先於是求之。

律詩既患旁生枝節，又患如琴瑟之專壹。融貫變化，兼之斯善。

律詩篇法，有上半篇開下半篇合，有上半篇合下半篇開。所謂半篇者，非但上四句與下四句之謂，即二句與六句，六句與二句，亦各爲半篇也。

律詩一聯中有以上下句論開合者，一句中有以上下半句論開合者，惟在相篇法而知所避就焉。

律詩手寫此聯，眼注彼聯，自覺減少不得，增多不得。若可增可減，則於『律』字名義失之遠矣。

律詩之妙，全在無字處。每上句與下句轉關接縫，皆機竅所在也。

律有似乎無起無收者。要知無起者後必補起，無收者前必豫收。

律詩中二聯必分寬緊遠近，人皆知之。惟不省其來龍去脉，則寬緊遠近爲妄施矣。

律體中對句用開合、流水、倒挽三法，不如用遮表法爲最多。或前遮後表，或前表後遮。表謂如此，遮謂不如彼，二字本出禪家。昔人詩中有用『是』『非』『有』『無』等字作對者，『是』『有』即表，『非』『無』即遮。惟有其法而無其名，故爲拈出。

律詩不難於凝重，亦不難於流動，難在又凝重又流動耳。

律體可喻以僧家之律：狂禪破律，所宜深戒；小禪縛律，亦無取焉。

絶句取徑貴深曲，蓋意不可盡，以不盡盡之。正面不寫寫反面，本面不寫寫對面、旁面，須如睹影知竿乃妙。

絶句於六義多取風、興，故視他體尤以委曲、含蓄、自然爲尚。

『以鳥鳴春』『以蟲鳴秋』，此造物之借端托寓也。絶句之小中見大似之。

絶句意法，無論先寬後緊，先緊後寬，總須首尾相銜，開闔盡變。至其妙用，惟在借端托寓而已。

詩以律絶爲近體，此就聲音言之也。其實古體與律絶，俱有古近體之分，此當於氣質辨之。

古體勁而質，近體婉而妍，詩之常也。論其變，則古婉近勁，古妍近質，亦多有之。

論古近體詩，參用陸機《文賦》，曰：絶『博約而温潤』，律『頓挫而清壯』，五古『平徹而閑雅』，七古『煒煜而譎誑』。

樂之所起，雷出地，風過簫，發於天籟，無容心焉。而樂府之所尚可知。

文辭志合而爲詩，而樂則重聲。《風》《雅》《頌》之入樂者，姑不具論，即漢樂府《飲馬長城窟》之『青青河畔草』，與《古詩十九首》之『青青河畔草』，其音節可微辨矣。

《九歌》，樂府之先聲也。《湘君》《湘夫人》是南音，《河伯》是北音，即設色選聲處可以辨之。

《楚辭·大招》云：『四上競氣，極聲變只。』此即古樂節之『升歌笙入，間歌合樂』也。屈子《九歌》全是此法。樂府家轉韵轉意轉調，無不以之。

樂府聲律居最要，而意境即次之，尤須意境與聲律相稱，乃爲當行。

樂府之出於《頌》者，最重形容。《楚辭·九歌》狀所祀之神，幾於恍惚有物矣。後此如《漢書》所載《郊祀》諸歌，其中亦若有肸蠁之氣，蒸蒸欲出。

樂府有陳善納誨之意者，《雅》之屬也，如《君子行》便是。

《漢書·藝文志》云：『自孝武立樂府而采歌謡，於是有代、趙之謳，秦、楚之風，皆感於哀樂，緣事而發。』由是觀之，後世樂府近《風》之體多於《雅》《頌》，其由來亦已久矣。

樂府是代字訣，故須先得古人本意。然使不能自寓懷抱，又未免爲無病而呻吟。

樂府易不得，難不得。深於此事者，能使豪杰起舞，愚夫愚婦解頤，其神妙不可思議。

樂府調有疾徐，韵有疏數。大抵徐疏在前，疾數在後者，常也；若變者，又當心知其意焉。

古題樂府要超，新題樂府要穩。如太白可謂超，香山可謂穩。

雜言歌行，音節似乎無定，而實有不可易者存。蓋歌行皆樂府支流，樂不離乎本宮，本宮之中，又有自然先後也。

賦不歌而誦，樂府歌而不誦，詩兼歌誦，而以時出之。

《詩》，一種是歌，『君子作歌』是也；一種是誦，『吉甫作誦』是也。《楚辭》有《九歌》與《惜誦》，其音節可辨而知。

《九歌》，歌也；《九章》，誦也。詩如少陵近《九章》，太白近《九歌》。

誦顯而歌微。故長篇誦，短篇歌；敘事誦，抒情歌。

詩以意法勝者宜誦，以聲情勝者宜歌。古人之詩，疑若千支萬派，然曾有出於歌誦外者乎？

文有文律，陸機《文賦》所謂『普辭條與文律』是也。杜詩云：『晚節漸於詩律細。』使將詩律『律』字解作五律、七律之律，則文律又何解乎？大抵衹是以法爲律耳。

詩之局勢非前張後歛，則前歛後張，古體律絕無以异也。

詩以離合爲跌宕，故莫善於用遠合近離。近離者，以離開上句之意爲接也。離後復轉，而與未離之前相合，即遠合也。

篇意前後摩蕩，則精神自出。如《豳風·東山》詩，種種景物，種種情思，其摩蕩衹在『徂』『歸』二字耳。

問短篇所尚，曰：『咫尺應須論萬里。』問長篇所尚，曰：『萬斛之舟行若風。』二句皆杜詩，而杜之長短篇即如之。杜詩又云：『大城鐵不如，小城萬丈餘。』其意亦可相通相足。

長篇宜橫鋪，不然則力單；短篇宜紆折，不然則味薄。

大起大落，大開大合，用之長篇，此如黄河之百里一曲，千里一曲一直也。然即短至絶句，亦未嘗無尺水興波之法。

長篇以叙事，短篇以寫意，七言以浩歌，五言以穆誦。此皆題實司之，非人所能與。

伏應、提頓、轉接、藏見、倒順、綰插、淺深、離合諸法，篇中、段中、聯中、句中均有取焉。然非渾然無迹，未善也。

少陵寄高達夫詩云：『佳句法如何？』可見句之宜有法矣。然欲定句法，其消息未有不從章法、篇法來者。

『河水清且漣』『間關車之轄』，皆是五言，且皆是上二字下三字句法，而意有順倒之不同。

詩無論五七言及句法倒順，總須將上半句與下半句比權量力，使足相當。不然，頭空足弱，無一可者。

煉篇、煉章、煉句、煉字，總之所貴乎煉者，是往活處煉，非往死處煉也。夫活亦在乎認取詩眼而已。

詩眼，有全集之眼，有一篇之眼，有數句之眼，有一句之眼；有以數句爲眼者，有以一句爲眼者，有以一二字爲眼者。

冷句中有熱字，熱句中有冷字；情句中有景字，景句中有情字。詩要『細筋入骨』，必由善用此字得之。

詩有雙關字，有偏舉字。如陶詩『望雲慚高鳥，臨水愧游魚』，『雲』『鳥』『水』『魚』是偏舉，『高』『游』是雙關。偏舉，舉物也；雙關，關己也。

問韵之相通與不相通，以何爲憑？曰：憑古。古通者，吾亦通之。《毛詩》，《楚辭》，漢魏、六朝詩，杜、韓諸大家詩，以及他古書中有韵之文，皆其準驗也。

辨得平聲韵之相通與不相通，斯上聲去聲之通不通因之而定。東、冬、江通，則董、腫、講通矣，送、宋、絳亦通矣。推之：支、微、齊、佳、灰通，則紙、尾、薺、蟹、賄通，寘、未、霽、泰、卦、隊通。魚、虞通，則語、麌通，御、遇通。真、文、元、寒、删、先通，則軫、吻、阮、旱、潸、銑通，震、問、願、翰、諫、霰通。蕭、肴、豪通，則篠、巧、皓通，嘯、效、號通。歌、麻通，則哿、馬通，箇、禡通。庚、青、蒸通，則梗、迥通，敬、徑通。侵、覃、鹽、咸通，則寢、感、儉、豏通，沁、勘、艷、陷通。陽無通，則養亦無通，漾亦無通。尤無通，則有亦無通，宥亦無通。

入聲韻之通不通，亦於平聲定之。東、冬、江通，則屋、沃、覺通。真、文、元、寒、删、先通，則質、物、月、曷、黠、屑通。庚、青、蒸通，則陌、錫、職通。侵、覃、鹽、咸通，則緝、合、葉、洽通。陽無通，則藥亦無通。

論詩者，或謂煉格不如煉意，或謂煉意不如煉格。惟姜白石《詩説》爲得之，曰：『意出於格，先得格也；格出於意，先得意也。』

文所不能言之意，詩或能言之。大抵文善醒，詩善醉，醉中語亦有醒時道不到者。蓋其天機之發，不可思議也。故余論文旨曰：『惟此聖人，瞻言百里。』論詩旨曰：『百爾所思，不如我所之。』

詩之所貴於言志者，須是以直温寬栗爲本。不然，則其爲志也荒矣，如《樂記》所謂『喬志』『溺志』是也。

詩之言持，莫先於内持其志，而外持風化從之。

古人因志而有詩，後人先去作詩，却推究到詩不可以徒作，因將志入裏來，已是倒做了，況無與於志者乎！

《文心雕龍》云：『嵇志清峻，阮旨遥深。』鍾嶸《詩品》云：『郭景純用儁上之才，劉越石仗清剛之氣。』余謂『志』『旨』『才』『氣』，人占一字，此特就其所尤重者言之。其實此四字，詩家不可缺一也。

『思無邪』，『思』字中境界無盡，惟所歸則一耳。嚴滄浪《詩話》謂『信手拈來，頭頭是道』，似有得於此意。

雅人有深致，風人、騷人亦各有深致。後人能有其致，則《風》《雅》《騷》不必在古矣。

『昔我往矣，楊柳依依；今我來思，雨雪霏霏。』雅人深致，正在借景言情。若捨景不言，不過曰春往冬來耳，有何意味？然『黍稷方華』『雨雪載塗』，與此又似同而异，須索解人。

夏侯湛作《周詩》成，示潘安仁，安仁曰：『此非徒温雅，乃别見孝弟之性。』余謂『孝弟之性』，乃其所以『温雅』也。二而言之，安仁於是爲不知詩矣。

謝靈運詩：『事爲名教用，道以神理超。』下句意須離不得上句，不然，是名教外别有所謂神理矣。

不發乎情，即非禮義，故詩要有樂有哀；發乎情，未必即禮義，故詩要哀樂中節。

天之福人也，莫過於予以性情之正；人之自福也，莫過於正其性情。從事於詩而有得，則樂而不荒，憂而不困，何福如之！

景有大小，情有久暫。詩中言景，既患大小相混，又患大小相隔。

言情亦如之。

興與比有闊狹之分。蓋比有正而無反，興兼反正故也。

昔人謂激昂之言出於興，此「興」字與他處言興不同。激昂大抵祇是情過於事，如太白詩「欲上青天覽日月」是也。

山之精神寫不出，以烟霞寫之；春之精神寫不出，以草樹寫之。故詩無氣象，則精神亦無所寓矣。

詩格，一爲品格之格，如人之有智愚賢不肖也；一爲格式之格，如人之有貧富貴賤也。

詩品出於人品。人品悃款樸忠者最上，超然高舉、誅茅力耕者次之，送往勞來、從俗富貴者無譏焉。

言詩格者必及氣。或疑太煉傷氣，非也。傷氣者，蓋煉辭不煉氣耳。

氣有清濁厚薄，格有高低雅俗。詩家泛言氣格，未是。

林艾軒謂『蘇、黄之别，猶丈夫女子之應接。丈夫見賓客，信步出將去，如女子則非塗澤不可』。余謂此論未免誣黄而易蘇。然推以論一切之詩，非獨女態當無，雖丈夫之貴賤賢愚，亦大有辨矣。

詩以悦人爲心與以誇人爲心，品格何在？而猶譊譊於品格，其何异溺人必笑耶！

或問：詩偏於叙則掩意，偏於議則病格，此説亦辨意格者所不遺否？曰：遺則不是，執則淺矣。

『其詩孔碩，其風肆好。』後世爲詩者，於『碩』『好』二字須善認。使非真『碩』，必且迂；非真『好』，必且靡也。

詩不清則蕪，不穆則露。『穆如清風』，宜吉甫合而言之。

凡詩：迷離者要不間，切實者要不盡，廣大者要不廓，精微者要不僻。

詩要避俗，更要避熟。剝去數層方下筆，庶不墮『熟』字界裏。

詩要超乎空、欲二界。空則入禪，欲則入俗。超之之道無他，曰『發乎情，止乎禮義』而已。

或問詩何爲富貴氣象？曰：大抵富如昔人所謂『函蓋乾坤』，貴如所謂『截斷衆流』便是。

詩質要如銅墻鐵壁，氣要如天風海濤。

詩不可有我而無古，更不可有古而無我，典雅、精神，兼之斯善。

鍾嶸謂阮步兵詩可以陶寫性靈，此爲以性靈論詩者所本。杜詩亦云：『陶冶性靈存底物，新詩改罷自長吟。』

元微之作《杜工部墓志》，深薄宋、齊間吟寫性靈、流連光景之文。其實性靈光景，自《風》《雅》肇興便不能離，在辨其歸趣之正不正耳。

詩涉修飾，便可憎鄙，而修飾多起於貌爲有學，而不養本體。晋東海王越《與阮瞻書》曰：『學之所入淺，體之所安深。』善夫！

詩一往作遺世自樂語，以爲仙意，不知却是仙障。仙意須如陰長生《古詩》『游戲仙都，顧愍群愚』二語，庶爲得之。抑《度人經》所謂『悲歌朗太空』也。

詩一戒滯累塵腐，一戒輕浮放浪。凡『出辭氣，當遠鄙倍』，詩可知矣。

詩中固須得微妙語，然語語微妙，便不微妙。須是一路坦易中，忽然觸著，乃足令人神遠。

花鳥纏綿，雲雷奮發，弦泉幽咽，雪月空明：詩不出此四境。

《詩》：『嘤嘤草蟲』，聞而知也；『趯趯阜螽』，見而知也；『有車鄰鄰』，知而聞也；『有馬白顛』，知而見也。詩有外於知與聞見者耶？

『清風明月不用一錢買』，上四字共知也，下五字獨得也。凡佳章中必有獨得之句，佳句中必有獨得之字。惟在首在腰在足，則不必同。

『曲徑通幽處，禪房花木深』，六一賞之；『四更山吐月，殘夜水明樓』，東坡賞之。此等處古人自會心有在，後人或强解之，或故疑之，皆過矣。

卷三　賦概

班固言『賦者，古詩之流』，其作《漢書·藝文志》，論孫卿、屈原賦『有惻隱古詩之義』。劉勰《詮賦》謂賦爲『六義附庸』。可知六義不備，非詩即非賦也。

賦，古詩之流。古詩如《風》《雅》《頌》是也。即《離騷》出於《國風》《小雅》可見。

言情之賦本於《風》，陳義之賦本於《雅》，述德之賦本於《頌》。

李仲蒙謂：『叙物以言情謂之賦，索物以托情謂之比，觸物以起情謂之興。』此明賦、比、興之别也。然賦中未嘗不兼具比興之意。

詩爲賦心，賦爲詩體。詩言持，賦言鋪，持約而鋪博也。古詩人本合二義爲一，至西漢以來，詩賦始各有專家。

賦起於情事雜沓，詩不能馭，故爲賦以鋪陳之。斯於千態萬狀、層見迭出者，吐無不暢，暢無或竭。《楚辭·招魂》云：『結撰至思，蘭芳假些。人有所極，同心賦些。』曰『至』曰『極』，此皇甫士安《三都賦序》所謂『欲人不能加』也。

樂章無非詩，詩不皆樂；賦無非詩，詩不皆賦。故樂章，詩之宫商者也；賦，詩之鋪張者也。

賦別於詩者，詩辭情少而聲情多，賦聲情少而辭情多。皇甫士安《三都賦序》云：『昔之爲文者，非苟尚辭而已。』正見賦之尚辭不待言也。

古者辭與賦通稱。《史記·司馬相如傳》言『景帝不好辭賦』，《漢書·揚雄傳》『賦莫深於《離騷》，辭莫麗於相如』，則辭亦爲賦，賦亦爲辭，明甚。

《騷》爲賦之祖。太史公《報任安書》：『屈原放逐，乃賦《離騷》。』《漢書·藝文志》：『屈原賦二十五篇』，不別名『騷』。劉勰《辨騷》曰：『名儒辭賦，莫不擬其儀表。』又曰：『雅頌之博徒，而辭賦之英杰也。』

太史公《屈原傳》曰：『離騷，猶離憂也。』於『離』字初未明下注脚。應劭以『遭』訓『離』，恐未必是。王逸《楚辭章句》：『離，别也；騷，愁也。言己放逐離别，中心愁思。』蓋爲得之。然不若屈子自云：『余既不難夫離别兮，傷靈修之數化。』尤見離而騷者，爲君非爲私也。

《離騷》云：『余固知謇謇之爲患兮，忍而不能捨也。』《九章》云：『知前轍之不遂兮，未改此度。』屈子見疑愈信，被謗愈忠，於此見矣。

班固以屈原爲露才揚己，意本揚雄《反離騷》，所謂『知衆嫮之嫉妒兮，何必揚纍之蛾眉』是也。然此論殊損志士之氣。王陽明《吊屈平廟賦》『衆狂稚兮，謂纍揚己』二語，真足令讀者稱快。

《騷》辭較肆於《詩》，此如『《春秋》謹嚴，《左氏》浮誇』，浮誇中自有謹嚴意在。

『《國風》好色而不淫，《小雅》怨誹而不亂』，淮南以此傳《騷》，而太史公引之。少陵咏宋玉宅云：『風流儒雅亦吾師。』『亦』字下得有眼，蓋對屈子之風雅而言也。

賦當以真僞論，不當以正變論。正而僞，不如變而真。屈子之賦，所由尚已。

變風變雅，變之正也。《離騷》亦變之正也。『跪敷衽以陳辭兮，耿吾既得此中正』，屈子固不嫌自謂。

《離騷》東一句，西一句，天上一句，地下一句，極開闔抑揚之變，而其中自有不變者存。

荀卿之賦直指，屈子之賦旁通。景以寄情，文以代質，旁通之妙用也。

王逸云：『小山之徒，閔傷屈原，又怪其文升天乘雲，役使百神，似若仙者。』余案：此但得其文之似，尚未得其旨。屈之旨，蓋在『臨睨夫舊鄉』，不在『涉青雲以泛濫游』也。

《騷》之抑遏蔽掩，蓋有得於《詩》《書》之隱約。自宋玉《九辯》已不能繼，以才穎漸露故也。

頓挫莫善於《離騷》，自一篇以至一章，及一兩句，皆有之。此《傳》所謂『反覆致意』者。

『叙物以言情謂之賦』，余謂《楚辭·九歌》最得此訣。如『裊裊兮秋風，洞庭波兮木葉下』，正是寫出『目眇眇兮愁予』來；『荒忽兮遠望，觀流水兮潺湲』，正是寫出『思公子兮未敢言』來。俱有『目擊道存，不可容聲』之意。

《楚辭·九歌》，兩言以蔽之，曰：『樂以迎來，哀以送往。』

《九歌》與《九章》不同，《九歌》純是性靈語，《九章》兼多學問語。

屈子《九歌》，如《雲中君》之『猋舉』，《湘君》之『夷猶』，《山鬼》之『窈窕』，《國殤》之『雄毅』，其擅長得力處，已分明一一自道矣。

屈子之文，取諸六氣，故有晦明變化、風雨迷離之意。讀《山鬼》篇足覘其概。

屈子之辭，沉痛常在轉處。『氣繚轉而自締』，《悲回風》篇語可以借評。

屈子《橘頌》云：『秉德無私，參天地兮。』又云：『行比伯夷，置以爲像兮。』『天地』『伯夷』大矣，而借橘言之，故得不迂而妙。

《橘頌》品藻精至，在《九章》中尤純乎賦體。《史記·屈原傳》云：『乃作《懷沙》之賦。』知此類皆可以賦統之。

長卿《大人賦》出於《遠游》，《長門賦》出於《山鬼》；王仲宣《登樓賦》出於《哀郢》；曹子建《洛神賦》出於《湘君》《湘夫人》。而屈子深遠矣。

屈子以後之作，志之清峻莫如賈生《惜誓》，情之綿邈莫如宋玉『悲秋』，骨之奇勁莫如淮南《招隱士》。

宋玉《招魂》，在《楚辭》爲尤多异采。約之亦衹兩境：一可喜，一可怖而已。

問：《招魂》何以備陳聲色供具之盛？曰『美人爲君子，珍寶爲仁義』，以張平子《四愁詩序》通之，思過半矣。且觀其所謂『不可以託』『不可以止』之處，非即『水深雪雰爲小人』之例乎？

宋玉《風賦》出於《雅》，《登徒子好色賦》出於《風》，二者品居最上。《釣賦》縱橫之氣駸駸乎入於説術，殆其降格爲之。

《文心雕龍》云：『楚人理賦。』隱然謂《楚辭》以後無賦也。李太白亦云：『屈、宋長逝，無堪與言。』

朱子答吕東萊，謂『屈、宋、唐、景之文，其言雖侈，其實不過悲愁、放曠二端而已。於是屏絶不復觀』。按：朱子此言，特有爲而發，觀其爲《楚辭集注》，何嘗不取諸家好處？

賈誼《惜誓》《吊屈原》《鵩賦》，俱有鑿空亂道意。騷人情境，於斯猶見。

《鵩賦》爲賦之變體。即其體而通之，凡能爲子書者，於賦皆足自成一家。

《惜誓》，余釋以爲：『惜』者，惜己不遇於時，發乎情也；『誓』者，誓己不改所守，止乎禮義也。此與篇中語意俱合。王逸注：『哀惜懷王與己約信而復背之。』其説似淺。

讀屈、賈辭，不問而知其爲志士仁人之作。太史公之合傳，陶淵明之合贊，非徒以其遇，殆以其心。

詩人之優柔，騷人之清深，後來難并矣。惟奇倔一境，雖亦詩騷之變，而尚有可廣。此淮南《招隱士》所以作與？

王無功謂薛收《白牛溪賦》「韵趣高奇，詞義曠遠，嵯峨蕭瑟，真不可言」。余謂賦之足當此評者，蓋不多有，前此其惟小山《招隱士》乎？

屈子之賦，賈生得其質，相如得其文，雖塗徑各分，而無庸軒輊也。揚子雲乃謂「賈誼升堂，相如入室」，以已多依效相如故耳。

賈生之賦志勝才，相如之賦才勝志。賈、馬以前，景差、宋玉已若以此分途，今觀《大招》《招魂》可辨。

相如一切文，皆善於架虚行危。其賦既會造出奇怪，又會撇入窅冥，所謂「似不從人間來者」，此也。至模山範水，猶其末事。

屈子之賦，筋節隱而不露；長卿則有迹矣。然作長篇，學長卿入門較易。

相如之淵雅，鄒陽、枚乘不及；然鄒、枚雄奇之氣，相如亦當避謝。

《漢書·枚乘傳》：『梁客皆善辭賦，乘尤高。』則知當日賦名重於相如矣。後世學相如之麗者，還須以乘之高濟之。

枚乘《七發》出於宋玉《招魂》。枚之秀韵不及宋，而雄節殆於過之。

班倢伃《擣素賦》怨而不怒，兼有『塞淵』『温惠』『淑慎』六字之長，可謂深得風人之旨。

後漢趙元叔《窮魚賦》及《刺世嫉邪賦》，讀之知爲抗髒之士，惟徑直露骨，未能如屈、賈之味餘文外耳。

建安名家之賦，氣格遒上，意緒綿邈；騷人清深，此種尚延一綫。後世不問意格若何，但於辭上争辯，賦與騷始异道矣。

《楚辭》風骨高，西漢賦氣息厚，建安乃欲由西漢而復於《楚辭》者。若其至與未至，所不論焉。

問《楚辭》、漢賦之别，曰：《楚辭》按之而逾深，漢賦恢之而彌廣。

《楚辭》尚神理，漢賦尚事實。然漢賦之最上者，機括必從《楚辭》得來。

或謂楚賦自鑄偉辭，其取熔經義，疑不及漢。余謂楚取於經，深微周浹，無迹可尋，實乃較漢尤高。

《楚辭》，賦之樂；漢賦，賦之禮。歷代賦體，衹須本此辨之。

屈靈均、陶淵明，皆狂狷之資也。屈子《離騷》一往皆特立獨行之意。陶自言『性剛才拙，與物多忤，自量爲已，必貽俗患』，其賦品之高，亦有以矣。

屈子辭，雷填風颯之音；陶公辭，木榮泉流之趣。雖有一激一平之别，其爲獨往獨來則一也。

《離騷》不必學《三百篇》，《歸去來辭》不必學《騷》，而皆有其獨至處，固知真古自與摹古异也。

屈子之纏綿，枚叔、長卿之巨麗，淵明之高逸，宇宙間賦，歸趣總不外此三種。

李白《大獵賦序》云：『辭欲壯麗，義歸博達。』似約相如答盛覽問賦之旨，而白賦亦允足稱之。

李白《大鵬賦序》云：『睹阮宣子《大鵬贊》，鄙心陋之。』《大獵賦序》於相如《子虛》《上林》，子雲《長楊》《羽獵》，且謂『齷齪之甚』，皆是尊題法。尊題，則賦之識見、氣體不由不高矣。

韓昌黎《復志賦》，李習之《幽懷賦》，皆有得於《騷》之波瀾意度而异其迹象。故知獵艷辭、拾香草者，皆童蒙之智也。

孫可之《大明宫賦》，語極遒練，意多勸誡，與李習之《幽懷賦》殊塗并美。

唐之劉復愚、宋之黄山谷，皆學《楚辭》而困躓者。然一種孤峻之致，正復難踪，特未可爲舉肥之相者道耳。

《周禮》太師之職始見『賦』字。鄭注『賦之言鋪』，而於鋪之原委，仍引而未發也。

鋪，有所鋪，有能鋪。司馬相如《答盛覽問賦書》有『賦迹』『賦心』之説。迹，其所；心，其能也。心迹本非截然爲二。覽聞其言，乃終身不敢言作賦之心，抑何固哉！且言『賦心』，不起於相如，自《楚辭·招魂》『同心賦些』，已發端矣。

《楚辭·涉江》《哀郢》，『江』『郢』，迹也；『涉』『哀』，心也。推諸題之但有迹者亦見心，但言心者亦具迹也。

賦，辭欲麗，迹也；義欲雅，心也。『麗辭雅義』，見《文心雕龍·詮賦》。前此，《揚雄傳》云：『司馬相如作賦甚弘麗温雅。』《法言》云：『詩人之賦麗以則。』『則』與『雅』，無异旨也。

古人賦詩與後世作賦，事异而意同。意之所取，大抵有二：一以諷諫，《周語》『瞍賦矇誦』是也；一以言志，《左傳》趙孟曰：『請皆賦，以卒君貺，武亦以觀七子之志。』韓宣子曰『二三子請皆賦，起亦以知鄭志』是也。言志、諷諫，非雅麗何以善之？

太史公《屈原傳贊》曰『悲其志』，《叙傳》曰『作辭以諷諫』。『志』與『諷諫』，賦之體用具矣。

屈兼言志、諷諫，馬、揚則諷諫爲多，至於班、張，則揄揚之意勝，諷諫之義鮮矣。

『風雨如晦，鷄鳴不已』，屈子言志之指；『無已太康，職思其居』，馬、揚諷諫之指。

《史記·司馬相如傳贊》曰：『相如雖多虛辭濫説，然其要歸引之節儉。此與《詩》之風諫何异？』《叙傳》曰：『《子虛》之事，《大人》賦説，靡麗多誇，然其指風諫，歸於無爲。』揚雄《甘泉賦序》曰：『奏《甘泉賦》以風。』《羽獵賦序》曰：『聊因《校獵賦》以風之。』《長楊賦序》曰：『藉翰林以爲主人，子墨爲客卿以風。』賦之諷諫，可於斯取則矣。

古人一生之志，往往於賦寓之。《史記》《漢書》之例，賦可載入列傳，所以使讀其賦者，即知其人也。

《屈原傳》曰：『其志潔，故其稱物芳。』《文心雕龍·詮賦》曰：『體物寫志。』余謂志因物見，故《文賦》但言『賦體物』也。

董廣川《士不遇賦》云：『雖矯情而獲百利兮，復不如正心而歸一善。』此即『正誼明道』之旨。司馬子長《悲士不遇賦》云：『没世無聞，古人唯耻。』此即『述往事、思來者』之情。陶淵明《感士不遇賦》云：『寧固窮以濟意，不委曲而累己。』此即『屢空晏如』之意。可見古人言必由志也。

《漢書·藝文志》曰：『學詩之士，逸在布衣，而賢人失志之賦作矣。』余案：所謂失志者，在境不在己也。屈子《懷沙》賦云：『離慜而不遷兮，願志之有像。』如此雖謂失志之賦，即勵志之賦可矣。

鄒陽獄中上書，氣盛語壯。禰正平賦鸚鵡於黄祖長子座上，蹙蹙焉有自憐依人之態，於生平志氣，得無未稱？

志士之賦，無一語隨人笑嘆。故雖或顛倒複沓，糾轇隱晦，而斷非文人才客，求慊人而不求自慊者所能擬效。

《雄雉》之詩『瞻彼日月』兩章，自來賢人失志之賦，不出此意，所謂『行有不得，反求諸己』也。若一涉怨天尤人，豈有是處？

《漢書·藝文志》言賢人失志之賦，有惻隱古詩之意。余謂江湖憂君、廟堂憂民，惻隱不獨失志然也，觀姬公《東山》《七月》可見。

或問：古人賦之言志者，漢如崔篆之《慰志》、馮衍之《顯志》，魏如劉楨之《遂志》、丁儀之《勵志》，晋如棗據之《表志》、曹攄之《述志》，然則賦以徑言其志爲尚乎？余謂賦無往而非言志也。必題是志而後其賦爲言志，則志或幾乎息矣。

實事求是，因寄所托，一切文字不外此兩種，在賦則尤缺一不可。

若美言不信，玩物喪志，其賦亦不可已乎！

風詩中賦事，往往兼寓比興之意。鍾嶸《詩品》所由竟以『寓言寫物』爲賦也。賦兼比興，則以言内之實事，寫言外之重旨。故古之君子上下交際，不必有言也，以賦相示而已。不然，賦物必此物，其爲用也幾何？

春有草樹，山有烟霞，皆是造化自然，非設色之可擬。故賦之爲道，重象尤宜重興。興不稱象，雖紛披繁密，而生意索然，能無爲識者厭乎？

賦與譜録不同。譜録惟取志物，而無情可言，無采可發，則如數他家之寳，無關己事。以賦體視之，孰爲親切且尊异耶？

賦必有關著自己痛癢處。如嵇康叙琴，向秀感笛，豈可與無病呻吟者同語？

在外者物色，在我者生意，二者相摩相蕩而賦出焉。若與自家生意無相入處，則物色祇成閑事，志士遑問及乎？

賦欲不朽，全在意勝。《楚辭・招魂》言賦，先之以『結撰至思』，真乃千古篤論。

賦家主意定則群意生。試觀屈子辭中，忌己者如黨人，憫己者如女嬃、靈氛、巫咸，以及漁父別有崇尚，詹尹不置是非，皆由屈子先有主意，是以相形相對者，皆若沓然偕來，拱向注射之耳。

《周南・卷耳》四章，祇『嗟我懷人』一句是點明主意，餘者無非做足此句。賦之體約用博，自是開之。

賦兼叙、列二法：列者，一左一右，横義也；叙者，一先一後，竪義也。

司馬長卿論賦云：『一經一緯。』或疑經可言一，緯不可言一，不知乃舉一例百，合百爲一耳。

賦欲縱横自在，係乎知類。太史公《屈原傳》曰：『舉類邇而見義遠。』《叙傳》又曰：『連類以争義。』司馬相如《封禪書》曰：『依類托寓。』枚乘《七發》曰：『離辭連類。』皇甫士安叙《三都賦》曰：『觸類而長之。』

張融作《海賦》不道鹽，因顧凱之之言乃益之。姚鉉令夏竦爲《水賦》，限以萬字。竦作三千字，鉉怒，不視，曰：『汝何不於水之前後左右廣言之？』竦益得六千字。可知賦須當有者盡有，更須難有者能有也。

司馬長卿謂『賦家之心，包括宇宙』。成公綏《天地賦序》云：『賦者貴能分賦物理，敷演無方，天地之盛，可以致思矣。』意與長卿宛合。

賦取窮物之變。如山川草木，雖各具本等意態，而隨時异觀，則存乎陰陽、晦明、風雨也。

賦家之心，其小無内，其大無垠，故能隨其所值，賦像班形，所謂『惟其有之，是以似之』也。

賦以象物，按實肖象易，憑虚構象難。能構象，象乃生生不窮矣。

唐釋皎然以『作用』論詩，可移之賦。

賦之妙用，莫過於『設』字訣，看古作家無中生有處可見。如設言值何時、處何地、遇何人之類，未易悉舉。

賦必合數章而後備，故《大言》《小言》兩賦，俱設爲數人之語。準此意，則知賦用一人之語者，亦當以參伍錯綜出之。

賦須曲折盡變。孔穎達謂『言事之道，直陳爲正』，此第明賦之義，非論其勢。勢曲，固不害於義直也。

賦取乎麗，而麗非奇不顯，是故賦不厭奇。然往往有以竟體求奇，轉至不奇者，由不知以蓄奇爲泄奇地耳。

譚友夏論詩，謂『一篇之樸，以養一句之靈；一句之靈，能回一篇之樸』。此説每爲談藝者所訶，然徵之於古，未嘗不合。如《秦風·小戎》『言念君子』以下，即以靈回樸也，其上皆以樸養靈也。《豳風·東山》每章之意，俱因收二句而顯，若『敦彼獨宿』以及『其新孔嘉』云云，皆靈也；每二句之前，皆樸也。賦家用此法尤多。至靈能起樸，更可隅反。

賦中駢偶處，語取蔚茂；單行處，語取清瘦。此自宋玉、相如已然。

賦之尚古久矣。古之大要有五：性情古，義古，字古，音節古，筆法古。

古賦難在意創獲而語自然，或但執言之短長、聲之高下求之，猶未免刻舟之見。

古賦調拗而諧，采淡而麗，情隱而顯，勢正而奇。

古賦意密體疏，俗賦體密意疏。

俗賦一開口，便有許多後世事迹來相困躓。古賦則越世高談，自開户牖，豈肯屋下蓋屋耶？

賦兼才學。才，如《漢書·藝文志》論賦曰『感物造端，材智深美』，《北史·魏收傳》曰『會須作賦，始成大才士』。學，如揚雄謂『能讀賦千首，則善爲之』。

以賦視詩，較若紛至沓來，氣猛勢惡。故才弱者往往能爲詩，不能爲賦。積學以廣才，可不豫乎？

賦從『貝』，欲其言有物也；從『武』，欲其言有序也。《書》：『具乃貝玉。』《曲禮》：『堂上接武，堂下布武。』意可思矣。

古人稱『不歌而誦謂之賦』。雖賦之卒，往往繫之以歌，如《楚辭》『亂曰』『重曰』『少歌曰』『倡曰』之類皆是也。然此乃古樂章之流，使早用於誦之中，則非體矣。大抵歌憑心，誦憑目。方憑目之際，欲歌焉，庸有暇乎？

《楚辭·惜誦》無歌調，《九歌》無誦調。歌、誦之體，於斯可辨。

言《騷》者取幽深，柳子厚謂『參之《離騷》以致其幽』，蘇老泉謂『騷人之清深』是也。言賦者取顯亮，王文考謂『物以賦顯』，陸士衡謂『賦體物而瀏亮』是也。然二者正須相用，乃見解人。

學《騷》與《風》有難易。《風》出於性靈者爲多，故雖婦人女子無不可與；《騷》則重以修能，嫻於辭令，非學士大夫不能爲也。賦出於《騷》，言典致博，既异家人之語，故雖宏達之士，未見數數有作，何論隘胸襟、乏聞見者乎？

范梈論李白樂府《遠别離》篇曰：『所貴乎楚言者，斷如復斷，亂如復亂，而詞義反復屈折行乎其間，實未嘗斷而亂也。』余謂此數語，可使學《騷》者得門而入，然又不得執形似以求之。

騷調以虚字爲句腰，如『之』『於』『以』『其』『而』『乎』『夫』是也。腰上一字與句末一字平仄异爲諧調，平仄同爲拗調。如『帝高陽之苗裔兮』，『攝提貞於孟陬兮』，『之』『於』二字爲腰，『陽』『貞』，腰上字，『裔』『陬』，句末字，『陽』平『裔』仄爲异，『貞』『陬』皆平爲同。《九歌》以『兮』字爲句腰，腰上一字與句末一字，句調諧拗亦準此。如『吉日兮辰良」，「日」仄「良」平；「浴蘭湯兮沐芳」，「湯」「芳」皆平。

賦長於擬效，不如高在本色。屈子之《騷》，不沾沾求似《風》《雅》，故能得《風》《雅》之精。長卿《大人賦》於屈子《遠游》，未免落擬效之迹。

賦有夷、險二境。讀《楚辭·湘君》《湘夫人》，便覺有逍遥容與之情；讀《招隱士》，便覺有罔沕憭栗之意。

戴安道畫《南都賦》，范宣嘆爲有益。知畫中有賦，即可知賦中宜有畫矣。

以精神代色相，以議論當鋪排，賦之别格也。正格當以色相寄精神，以鋪排藏議論耳。

賦蓋有思勝於辭者。荀卿《禮》《智》《雲》《蠶》諸賦，篇雖短，却已想透無遺。陸士衡《文賦》精語絡繹，其曰『非華說之所能精』，命意蓋可見矣。

以老、莊、釋氏之旨入賦，固非古義，然亦有理趣、理障之不同。如孫興公《游天台山賦》云：『騁神變之揮霍，忽出有而入無。』此理趣也。至云：『悟遣有之不盡，覺涉無之有間。泯色空以合迹，忽即有而得玄。釋二名之同出，消一無於三幡。』則落理障甚矣。

賦有以所紀之事實重者。如王無功《游北山賦》，似不過寫其閑適曠達之意，然叙文中子一段，抽出之，足爲文獻之徵，乃賦中有關係處也。

揚子雲謂『雕蟲篆刻，壯夫不爲』。然壯夫自有壯夫之賦，不然，則周公、尹吉甫叙事之作，亦不足稱矣。楊德祖《答臨淄侯箋》，先得我心。

賦因人异。如荀卿《雲賦》言雲者如彼，而屈子《雲中君》亦雲也，乃至宋玉《高唐賦》亦雲也；晋楊乂、陸機俱有《雲賦》，其旨又各不同。以賦觀人者，當於此著眼。

詩，持也，此義通之於賦。如陶淵明之《感士不遇》，持己也；李習之之《幽懷》，持世也。

名士之賦，嘆老嗟卑；俗士之賦，從諛導侈。以持己、持世之義準之，皆當見斥也。况流連般樂者耶？

賦尚才不如尚品。或竭盡雕飾以誇世媚俗，非才有餘，乃品不足也。

徐、庾兩家賦，所由卒未令人滿志與？

『升高能賦』，升高雖指身之所處而言，然才識懷抱之當高，即此可見。如陶淵明言『登高賦新詩』，亦有微旨。

或問：左思《三都賦序》以『升高能賦』爲『頌其所見』，所見或不足賦，奈何？曰：嚴滄浪謂詩有『别材』『别趣』，余亦謂賦有『别眼』。『别眼』之所見，顧可量耶？

皇甫士安《三都賦序》曰：『引而伸之，觸類而長之。』劉彦和《詮賦》曰：『擬諸形容』，『象其物宜』。余論賦則曰：『仁者見之謂之仁，智者見之謂之智。』

卷四　詞曲概

樂歌，古以詩，近代以詞。如《關雎》《鹿鳴》，皆聲出於言也；詞則言出於聲矣。故詞，聲學也。

《説文》解『詞』字曰：『意内而言外也。』徐鍇《通論》曰：『音内而言外，在音之内，在言之外也。』故知詞也者，言有盡而音意無窮也。

詞有創調、倚聲，本諸倡和。倡和莫先於虞廷，觀『乃歌曰』以下三句調，即『乃賡載歌』及『又歌』之調所出也。《風》《雅》篇必數章，後章亦多用前調。其或前後小异者，殆猶詞同調之又一體耳。

詞導源於古詩，故亦兼具六義。六義之取，各有所當，不得以一時一境盡之。

樂，中正爲雅，多哇爲鄭。詞，樂章也。雅鄭不辨，更何論焉。

梁武帝《江南弄》、陶弘景《寒夜怨》、陸瓊《飲酒樂》、徐孝穆《長相思》，皆具詞體，而堂廡未大。至太白《菩薩蠻》之繁情促節，《憶秦娥》之長吟遠慕，遂使前此諸家，悉歸環内。

太白《菩薩蠻》《憶秦娥》兩闋，足抵少陵《秋興》八首，想其情境，殆作於明皇西幸後乎？

張志和《漁歌子》『西塞山前白鷺飛』一闋，風流千古。東坡嘗以其成句用入《鷓鴣天》，又用於《浣溪沙》，然其所足成之句，猶未若原詞之妙通造化也。黄山谷亦嘗以其詞增爲《浣溪沙》，且誦之有矜色焉。

太白《菩薩蠻》《憶秦娥》，張志和《漁歌子》，兩家一憂一樂，歸趣難名。或靈均《思美人》《哀郢》，莊叟『濠上』近之耳。

温飛卿詞精妙絶人，然類不出乎綺怨。韋端己、馮正中諸家詞，留連光景，惆悵自憐，蓋亦易飄颺於風雨者。若第論其吐屬之美，又何加焉？

馮延巳詞，晏同叔得其俊，歐陽永叔得其深。

宋子京詞是宋初體，張子野始創瘦硬之體，雖以佳句互相稱美，其實趣尚不同。

王半山詞瘦削雅素，一洗五代舊習。惟未能涉樂必笑，言哀已嘆，故深情之士，不無間然。

柳耆卿詞，昔人比之杜詩，爲其實説無表德也。余謂此論其體則然，若論其旨，少陵恐不許之。

耆卿詞，細密而妥溜，明白而家常，善於叙事，有過前人。惟『綺羅香澤之態』，所在多有，故覺風期未上耳。

東坡詞頗似老杜詩，以其無意不可入，無事不可言也。若其豪放之致，則時與太白爲近。

太白《憶秦娥》，聲情悲壯，晚唐、五代惟趨婉麗，至東坡始能復古。後世論詞者，或轉以東坡爲變調，不知晚唐、五代乃變調也。

東坡《定風波》云：『尚餘孤瘦雪霜姿。』《荷華媚》云：『天然地、別是風流標格。』『雪霜姿』『風流標格』，學坡詞者，便可從此領取。

東坡《與鮮于子駿書》云：『近却頗作小詞，雖無柳七郎風味，亦自成一家。』一似欲爲耆卿之詞而不能者。然坡嘗譏秦少游《滿庭芳》詞學柳七句法，則意可知矣。

東坡詞具神仙出世之姿，方外白玉蟾諸家，惜未詣此。

黄山谷詞用意深至，自非小才所能辦。惟故以生字俚語侮弄世俗，若爲金、元曲家濫觴。

少游詞有小晏之妍，其幽趣則過之。梅聖俞《蘇幕遮》云：『落盡梅花春又了，滿地斜陽，翠色和烟老。』此一種似爲少游開先。

秦少游詞得《花間》《尊前》遺韵，却能自出清新。東坡詞雄姿逸氣，高軼古人，且稱少游爲『詞手』。山谷傾倒於少游《千秋歲》詞『落紅萬點愁如海』之句，至不敢和。要其他詞之妙，似此者豈少哉？

少游《水龍吟》『小樓連苑横空，下窺綉轂雕鞍驟』，東坡譏之云：『十三個字，衹説得一個人騎馬樓前過。』語極解頤。其子湛作《卜算子》云：『極目烟中百尺樓，人在樓中否？』言外無盡，似勝乃翁，未識東坡見之云何。

叔原貴异，方回贍逸，耆卿細貼，少游清遠。四家詞趣各别，惟尚婉則同耳。

東坡詞在當時鮮與同調，不獨秦七、黄九，别成兩派也。晁无咎坦易之懷，磊落之氣，差堪驂靳。然懸崖撒手處，无咎莫能追躡矣。

无咎詞堂廡頗大。人知辛稼軒《摸魚兒》『更能消、幾番風雨』一闋，爲後來名家所競效。其實辛詞所本，即无咎《摸魚兒》『買陂塘、旋栽楊柳』之波瀾也。

周美成詞，或稱其無美不備。余謂論詞莫先於品，美成詞信富艶精工，祇是當不得個『貞』字。是以士大夫不肯學之，學之則不知終日意縈何處矣。

周美成律最精審，史邦卿句最警煉，然未得爲君子之詞者，周旨蕩而史意貪也。

辛稼軒風節建豎，卓絶一時，惜每有成功，輒爲議者所沮。觀其《踏莎行·和趙興國》有云：『吾道悠悠，憂心悄悄。』其志與遇，概可知矣。《宋史》本傳，稱其『雅善長短句，悲壯激烈』，又稱『謝校勘過其墓旁，有疾聲大呼於堂上，若鳴其不平』。然則其長短句之作，固莫非假之鳴者哉？

稼軒詞龍騰虎擲，任古書中理語、廋語，一經運用，便得風流，天姿是何夐异！

蘇、辛皆至情至性人，故其詞瀟灑卓犖，悉出於温柔敦厚。世或以粗獷托蘇、辛，固宜有視蘇、辛爲别調者哉！

張玉田盛稱白石，而不甚許稼軒，耳食者遂於兩家有軒輕意。不知稼軒之體，白石嘗效之矣，集中如《永遇樂》《漢宫春》諸闋，均次稼軒韵。其吐屬氣味，皆若秘響相通，何後人過分門户耶？

白石，才子之詞；稼軒，豪杰之詞。才子豪杰，各從其類愛之，强論得失，皆偏辭也。

姜白石詞幽韵冷香，令人挹之無盡，擬諸形容，在樂則琴，在花則梅也。

詞家稱白石曰『白石老仙』，或問：『畢竟與何仙相似？』曰：『藐姑冰雪，蓋爲近之。』

陳同甫與稼軒爲友，其人才相若，詞亦相似。同甫《賀新郎·寄幼安見懷韵》云：『樹猶如此堪重別。衹使君、從來與我，話頭多合。行矣置之無足問，誰換妍皮癡骨。但莫使、伯牙弦絶。』其《酬幼安再用韵見寄》云：『斬新換出旌麾別。把當時、一椿大義，拆開收合。據地一呼吾往矣，萬里摇肢動骨。這話欛、祇成癡絶。』《懷幼安用前韻》云：『男兒何用傷離别。况古來，幾番際會，風從雲合。千里情親長晤對，妙體本心次骨。卧百尺、高樓斗絶。』觀此則兩公之氣誼懷抱，俱可知矣。同甫《水龍吟》云：『恨芳菲世界，游人未賞，都付與，鶯和燕。』言近指遠，直有宗留守大呼渡河之意。

陸放翁詞，安雅清贍，其尤佳者在蘇、秦間。然乏超然之致，天然之韻，是以人得測其所至。

劉改之詞，狂逸之中自饒俊致，雖沉著不及稼軒，足以自成一家。其有意效稼軒體者，如《沁園春》『斗酒彘肩』等闋，又當别論。

高竹屋詞，争驅白石，然嫌多綺語。如《御街行》之咏轎，其設想之細膩曲折，何爲也哉？咏簾亦然。劉改之《沁園春》咏美人指甲、美人足二闋，以褻體爲世所共譏，然病在標者，猶易治也。

劉後村詞，旨正而語有致。真西山《文章正宗》「詩歌」一門屬後村編類，且約以世教民彝爲主，知必心重其人也。後村《賀新郎·席上聞歌有感》云：「粗識《國風》《關雎》亂，羞學流鶯百囀，總不涉、閨情春怨。」又云：「我有生平《離鸞操》，頗哀而不愠，微而婉。」意殆自寓其詞品耶？

蔣竹山詞，未極流動自然，然洗煉縝密，語多創獲。其志視梅溪較貞，其思視夢窗較清。劉文房爲五言長城，竹山其亦長短句之長城與？

張玉田詞，清遠藴藉，悽愴纏綿，大段瓣香白石，亦未嘗不轉益多師。即《探芳信》之次韵草窗，《瑣窗寒》之悼碧山，《西子妝》之效夢窗可見。

評玉田詞者，謂當與白石老仙相鼓吹。玉田作《瑣窗寒》悼王碧山，序謂碧山：『其詞閑雅，有姜白石意。』今觀張、王兩家，情韵極爲相近，如玉田《高陽臺》之『接葉巢鶯』，與碧山《高陽臺》之『淺萼梅酸』，尤同鼻息。

文文山詞有『風雨如晦，鷄鳴不已』之意，不知者以爲變聲，其實乃變之正也。故詞當合其人之境地以觀之。

北宋詞用密亦疏，用隱亦亮，用沉亦快，用細亦闊，用精亦渾；南宋衹是掉轉過來。

南宋詞近耆卿者多，近少游者少，少游疏而耆卿密也。

詞品喻諸詩：東坡、稼軒，李杜也；耆卿，香山也；夢窗，義山也；

白石、玉田，大曆十子也。其有似韋蘇州者，張子野當之。

金元遺山詩兼杜、韓、蘇、黄之勝，儼有集大成之意。以詞而論，疏快之中，自饒深婉，亦可謂集兩宋之大成者矣。

東坡謂陶淵明詩『臞而實腴，質而實綺』。余謂元劉静修之詞亦然。蘇、辛詞似魏玄成之嫵媚，劉静修詞似邵康節之風流，倘泛泛然以横放瘦澹名之，過矣。

虞伯生、薩天錫兩家詞，皆兼擅蘇、秦之勝。張仲舉詞，大抵導源白石，時或以稼軒濟之。

詞之章法，不外相摩相蕩，如奇正、空實、抑揚、開合、工易、寬緊之類是已。

詞中承接轉换，大抵不外紆徐斗健，交相爲用，所貴融會章法，按脉理節拍而出之。

元陸輔之《詞旨》云：『對句好可得，起句好難得，收拾全藉出場。』此蓋尤重起句也。余謂起、收、對三者，皆不可忽。大抵起句非漸引即頓入，其妙在筆未到而氣已吞；收句非繞回即宕開，其妙在言雖止而意無盡；對句非四字六字，即五字七字，其妙在不類於賦與詩。

詞有過變，隱本於詩。《宋書·謝靈運傳論》云：『前有浮聲，則後須切響。』蓋言詩當前後變化也。而雙調換頭之消息，即此已寓。

『升歌笙入，間歌合樂』，《楚辭·招魂》所謂『四上競氣』也。詞之過變處，節次淺深，準此辨之。

詞或前景後情，或前情後景，或情景齊到，相間相融，各有其妙。

一轉一深，一深一妙，此騷人三昧。倚聲家得之，便自超出常境。

空中蕩漾，最是詞家妙訣。上意本可接入下意，却偏不入，而於其間傳神寫照，乃愈使下意，栩栩欲動，《楚辭》所謂『君不行兮夷猶，蹇誰留兮中洲』也。

詞要放得開，最忌步步相連；又要收得回，最忌行行愈遠。必如天上人間，去來無迹，斯爲入妙。

小令難得變化，長調難得融貫。其實變化融貫，在在相須，不以長短別也。

詞以煉章法爲隱，煉字句爲秀。秀而不隱，是猶百琲明珠而無一綫穿也。

煉字，數字爲煉，一字亦爲煉。句則合句首、句中、句尾以見意，多者三四層，少亦不下兩層。詞家或遂謂字易而句難，不知煉句固取相足相形，煉字亦須遥管遥應也。

玉田謂『詞與詩不同，合用虚字呼喚』。余謂用虚字正樂家歌詩之法也。朱子云：『古樂府衹是詩，中間却添出許多泛聲，後人怕失了那泛聲，逐一聲添個實字，遂成長短句，今曲子便是。』案：朱子所謂實字，謂實有個字，雖虚字亦是有也。

詞之好處，有在句中者，有在句之前後際者。陳去非《虞美人》：『吟詩日日待春風，及至桃花開後却匆匆。』此好在句中者也。《臨江仙》：『杏花疏影裏，吹笛到天明。』此因仰承『憶昔』，俯注『一夢』，故此二句不覺豪酣轉成悵悒，所謂好在句外者也。儻謂現在如此，則騃甚矣。

賀方回《青玉案》詞，收四句云：『試問閑愁都幾許？一川烟草，滿城風絮，梅子黄時雨。』其末句好處，全在『試問』句呼起，及與上『一川』

二句并用耳。或以方回有『賀梅子』之稱，專賞此句，誤矣。且此句原本寇萊公『梅子黄時雨如霧』詩句，然則何不目萊公爲『寇梅子』耶？

詞之妙全在襯跌。如文文山《滿江紅·和王夫人》云：『世態便如翻覆雨，妾身元是分明月。』《酹江月·和友人驛中言别》云：『鏡裏朱顔都變盡，衹有丹心難滅。』每二句若非上句，則下句之聲情不出矣。

『詞眼』二字，見陸輔之《詞旨》。其實輔之所謂『眼』者，仍不過某字工、某句警耳。余謂『眼』乃神光所聚，故有通體之眼，有數句之眼，前前後後無不待眼光照映。若捨章法而專求字句，縱争奇競巧，豈能開闔變化，一動萬隨耶？

詞家用韵，在先觀其韵之通别。别者必不可通，通者仍須知别。如江之於陽，真之於庚，古韵既别，雖今吻相通，要不得而通也；東、冬於江，歌於麻，古韻雖通，然今吻既别，便不可以無别也。至一韻之中，如十三元韻，今吻讀之，其音約分三類，亦當擇而取之。餘韻準此。

詞中平仄，體有一定。古人或有平作仄、仄作平者，必合句上、句下、句内之字，權其律之所宜，互爲更换，斯得如銅山靈鐘，東西相應。故效古者，當專效一體，不可挹彼注兹，致譏聲病。

『平聲可爲上入』，語本張玉田《詞源》，則平去之不可相代審矣。然平可代以上入，而上入或轉有不可互代者。玉田稱其父寄閑老人《瑞鶴仙》詞『粉蝶兒撲定花心不去，閑了尋香兩翅』，『撲』字不協，遂改爲『守』字，此於聲音之道，不其嚴乎？

上入雖可代平，然亦有必不可代之處。使以宛轉遷就之聲，亂一定不易之律，則代之一説，轉以不知爲愈矣。

『上去不宜相替』，宋沈伯時義甫之説也。『去聲當高唱，上聲當低唱』，明沈璟詞隱之説也。兩説爲後人論詞者所本，爰爲表而出之。

詞家既審平仄，當辨聲之陰陽，又當辨收音之口法。取聲取音，以能協爲尚。玉田稱其父《惜花春·起早》詞『瑣窗深』句，『深』字不協，改爲『幽』字，又不協，再改爲『明』字，始協。此非審於陰陽者乎？又『深』爲閉口音，『幽』爲斂唇音，『明』爲穿鼻音，消息亦别。

古人原詞用入聲韵，效其詞者仍宜用入；餘則否。至如句中用入，解人慎之。

詞家辨句兼辨讀，讀在句中，如《楚辭·九歌》，每句中間皆有『兮』字。『兮』者，無辭而有聲，即其讀也。更以古樂府觀之，篇終有聲，如《臨高臺》之『收中吾』是也；句下有聲，如《有所思》之『妃呼豨』是也。

何獨於句中之聲而疑之?

詞句中用雙聲叠韻之字,自兩字之外,不可多用。惟犯叠韻者少,犯雙聲者多,蓋同一雙聲,而開口、齊齒、合口、撮口,呼法不同,便易忘其爲雙聲也。解人正須於不同而同者,去其隱疾。且不惟雙聲也,凡喉、舌、齒、牙、唇五音,俱忌單從一音連下多字。

十二律與後世各宫調异名而同實。如在黄鍾則正黄鍾爲宫,大石調爲商,以至般涉調爲羽;在大吕則高宫爲宫,高大石調爲商,高般涉調爲羽。《詞源》所列,既明且備矣。

詞固必期合律,然《雅》《頌》合律,桑間、濮上亦未嘗不合律也。『律和聲』本於『詩言志』,可爲專講律者進一格焉。

昔人詞咏古咏物,隱然祇是咏懷,蓋其中有我在也。然人亦孰不有我，惟『耿吾得此中正』者尚耳。

詞深於興，則覺事异而情同，事淺而情深。故没要緊語正是極要緊語，亂道語正是極不亂道語。固知『吹皺一池春水，干卿甚事』，原是戲言。

鄰人之笛，懷舊者感之；斜谷之鈴，溺愛者悲之。東坡《水龍吟·和章質夫咏楊花》云：『細看來，不是楊花，點點是離人泪。』亦同此意。

東坡《水龍吟》起云：『似花還似非花。』此句可作全詞評語，蓋不離不即也。時有舉史梅溪《雙雙燕·咏燕》、姜白石《齊天樂·賦蟋蟀》，令作評語者，亦曰『似花還似非花』。

詞中用事，貴無事障。晦也，膚也，多也，板也，此類皆障也。姜白石詞用事入妙，其要訣所在，可於其《詩説》見之。曰：『僻事實用，熟事虚用。』『學有餘而約以用之，善用事者也。乍叙事而間以理言，得活法者也。』

詞有點，有染。柳耆卿《雨淋鈴》云：『多情自古傷離别，更那堪、冷落清秋節。今宵酒醒何處？楊柳岸、曉風殘月。』上二句點出離别冷落，『今宵』二句乃就上二句意染之。點染之間，不得有他語相隔，隔則警句亦成死灰矣。

詞有尚風，有尚骨。歐公《朝中措》云：『手種堂前楊柳，别來幾度春風。』東坡《雨中花慢》云：『高會聊追短景，清商不假餘妍。』孰風孰骨可辨。

王敬美論詩云：『河下輿隸須驅遣，另換正身。』胡明仲稱眉山蘇氏詞：『一洗綺羅香澤之態，擺脱綢繆宛轉之度，使人登高望遠，舉首高歌，而逸懷浩氣，超乎塵埃之表。』此殆所謂正身者耶？

詩有西江、西崑兩派，惟詞亦然。戴石屏《望江南》云：『誰解學西崑。』是學西江派人語，吴夢窗一流當不喜聞。

詞之爲物，色香味宜無所不具。以色論之，有借色，有真色。借色每爲俗情所艷，不知必先將借色洗盡，而後真色見也。

昔人論詞要如嬌女步春。余謂更當有以益之，曰：如异軍特起，如天際真人。

詞尚清空妥溜，昔人已言之矣。惟須妥溜中有奇創，清空中有沉厚，才見本領。

詞要恰好，粗不得，纖不得，硬不得，軟不得。不然，非傖父即兒女矣。

黄魯直跋東坡《卜算子》『缺月挂疏桐』一闋云：『語意高妙，似非喫烟火食人語，非胸中有萬卷書，筆下無一點塵俗氣，孰能至此？』余案：詞之大要，不外厚而清。厚，包諸所有；清，空諸所有也。

詞澹語要有味，壯語要有韻，秀語要有骨。

詞要清新，切忌拾古人牙慧。蓋在古人爲清新者，襲之即腐爛也。拾得珠玉，化爲灰塵，豈不重可鄙笑！

描頭畫角，是詞之低品。蓋詞有全體，宜無失其全；詞有内藴，宜無失其藴。

詞之妙，莫妙於以不言言之。非不言也，寄言也。如寄深於淺，寄厚於輕，寄勁於婉，寄直於曲，寄實於虚，寄正於餘，皆是。

詞以不犯本位爲高。東坡《滿庭芳》：『老去君恩未報，空回首、彈鋏悲歌。』語誠慷慨。然不若《水調歌頭》：『我欲乘風歸去，又恐瓊樓玉宇，高處不勝寒。』尤覺空靈蘊藉。

司空表聖云：『梅止於酸，鹽止於鹹，而美在酸鹹之外。』嚴滄浪云：『妙處透徹玲瓏，不可凑泊，如水中之月，鏡中之象。』此皆論詩也，詞亦以得此境爲超詣。

玉田論詞曰：『蓮子熟時花自落。』余更益以太白詩二句，曰：『清水出芙蓉，天然去雕飾。』

古樂府中，至語本衹是常語，一經道出，便成獨得。詞得此意，則極煉如不煉，出色而本色，人籟悉歸天籟矣。

詞中句與字，有似觸著者，所謂極煉如不煉也。晏元獻『無可奈何花落去』二句，觸著之句也。宋景文『紅杏枝頭春意鬧』，『鬧』字，觸著之字也。

詞貴得本地風光。張子野游垂虹亭，作《定風波》有云：『見説賢人聚吴分，試問，也應傍有老人星。』是時子野年八十五，而坐客皆一時名人，意確切而語自然，洵非易到。

詩放情曰歌，悲如蛩螿曰吟，通乎俚俗曰謡，載始末曰引，委曲盡情曰曲。詞腔遇此等名，當於詩義溯之。又如腔名中有『喜』『怨』『憶』『惜』等字，亦以還他本意爲合。

詞莫要於有關係。張元幹仲宗因胡邦衡謫新州，作《賀新郎》送之，坐是除名，然身雖黜而義不可没也。張孝祥安國於建康留守席上賦《六州歌頭》，致感重臣罷席。然則詞之興觀群怨，豈下於詩哉。

詞尚風流儒雅。以塵言爲儒雅，以綺語爲風流，此風流儒雅之所以亡也。

綺語有顯有微。依花附草之態，略講詞品者亦知避之。然或不著相而染神，病尤甚矣。

『没些兒嫛㛹勃窣，也不是峥嶸突兀，管做徹元分人物』，此陳同甫《三部樂》詞也。余欲借其語以判詞品。詞以『元分人物』爲最上，『峥嶸突兀』猶不失爲奇杰，『嫛㛹勃窣』則淪於側媚矣。

詞有陰陽，陰者采而匿，陽者疏而亮。本此以等諸家之詞，莫之能外。

桓大司馬之聲雌，以故不如劉越石。豈惟聲有雌雄哉？意趣氣味皆有之。品詞者辨此，亦可因詞以得其人矣。

齊、梁小賦，唐末小詩，五代小詞，雖小却好，雖好却小，蓋所謂『兒女情多，風雲氣少」也。

耆卿《兩同心》云：『酒戀花迷，役損詞客。』余謂此等衹可名迷戀花酒之人，不足以稱詞客，詞客當有雅量高致者也。或曰：不聞《花間》《尊前》之名集乎？曰：使兩集中人可作，正欲以此質之。

詞家先要辨得『情』字，《詩序》言『發乎情』，《文賦》言『詩緣情』，所貴於情者，爲得其正也。忠臣孝子，義夫節婦，皆世間極有情之人。流俗誤以欲爲情，欲長情消，患在世道。倚聲一事，其小焉者也。

詞進而人亦進，其詞可爲也；詞進而人退，其詞不可爲也。詞家彀到名教之中自有樂地，儒雅之内自有風流，斯不患其人之退也夫！

曲之名古矣。近世所謂曲者，乃金、元之北曲，及後復溢爲南曲者也。未有曲時，詞即是曲；既有曲時，曲可悟詞。苟曲理未明，詞亦恐難獨善矣。

詞如詩，曲如賦。賦可補詩之不足者也。昔人謂金、元所用之樂，嘈雜淒緊緩急之間，詞不能按，乃更爲新聲，是曲亦可補詞之不足也。

南北成套之曲，遠本古樂府，近本詞之過變。遠如漢《焦仲卿妻詩》，叙述備首尾，情事言狀，無一不肖。梁《木蘭辭》亦然。近如詞之三疊、四疊，有《戚氏》《鶯啼序》之類。曲之套數，殆即本此意法而廣之；所別者，不過次第其牌名以爲記目耳。

樂曲一句爲一解，一章爲一解，并見《古今樂録》。王僧虔啓云：『古曰章，今曰解。』余案：以後世之曲言之，小令及套數中牌名，無非章、解遺意。

洪容齋論唐詩戲語，引杜牧『公道世間惟白髮，貴人頭上不曾饒』，高駢『依稀似曲才堪聽，又被吹將别調中』，羅隱『自家飛絮猶無定，争解垂絲絆路人』。余謂觀此則南、北劇中之本色當家處，古人早透消息矣。

《魏書·胡叟傳》云：『既善爲典雅之詞，又工爲鄙俗之句。』余變換其義以論曲，以爲其妙在借俗寫雅，面子疑於放倒，骨子彌復認真。雖半莊半諧，不皆典要，何必非莊子所謂『直寄焉，以爲不知己者詬厲』耶？

王元美云：『詞不快北耳而後有北曲，北曲不諧南耳而後有南曲。』何元朗云：『北字多而調促，促處見筋；南字少而調緩，緩處見眼。』二説其實一也，蓋促故快，緩故諧耳。

元張小山、喬夢符爲曲家翹楚，李中麓謂猶唐之李、杜。《太和正音譜》評小山詞：『如披太華之天風，招蓬萊之海月。』中麓作《夢符詞序》稱：『評其詞者，以爲若天吴跨神鰲，噀沫於大洋，波濤洶涌，有截斷衆流之勢。』案：小山極長於小令。夢符雖頗作雜劇、散套，亦以小令爲最長。兩家固同一騷雅，不落俳語，惟張尤翛然獨遠耳。

曲以破有、破空爲至上之品。中麓謂小山詞『瘦至骨立，血肉銷化俱盡，乃煉成萬轉金鐵軀』，破有也；又嘗謂其『句高而情更款』，破空也。

北曲名家，不可勝舉，如白仁甫、貫酸齋、馬東籬、王和卿、關漢卿、張小山、喬夢符、鄭德輝、宫大用，其尤著也。諸家雖未開南曲之體，然南曲正當得其神味。觀彼所製，圓溜瀟灑，纏綿蘊藉，於此事固若有别材也。

《太和正音譜》諸評，約之祇清深、豪曠、婉麗三品。清深如吴仁卿之『山間明月』也，豪曠如貫酸齋之『天馬脱羈』也，婉麗如湯舜民之『錦屏春風』也。

北曲六宫十一調，各具聲情，元周德清氏已傳品藻。六宫曰：『仙吕清新綿邈，南吕感嘆傷悲，中吕高下閃賺，黄鍾富貴纏綿，正宫惆悵雄壯，道宫飄逸清幽。』十一調曰：『大石風流藴藉，小石旖旎嫵媚，高平條暢滉漾，般涉拾掇坑塹，歇指急併虚歇，商角悲傷宛轉，雙調健捷激裊，商調凄愴怨慕，角調嗚咽悠揚，宫調典雅沉重，越調陶寫冷笑。』製曲者每用一宫一調，俱宜與其神理吻合。南曲之九宫十三調，可準是推矣。

曲有借宫，然但有例借而無意借。既須考得某宫調中可借某牌名，更須考得部位宜置何處，乃得節律有常，而無破裂之病。

曲套中牌名，有名同而體异者，有體同而名异者。名同體异，以其宫异也；體同名异，亦以其宫异也。輕重雄婉之宜，當各由其宫體貼出之。

牌名亦各具神理。昔人論歌曲之善，謂『《玉芙蓉》《玉交枝》《玉山供》《不是路》要馳騁，《針綫箱》《黄鶯兒》《江頭金桂》要規矩，《二郎神》《集賢賓》《月兒高》《念奴嬌本序》《刷子序》要抑揚』。蓋若已兼爲製曲言矣。

曲莫要於依格。同一宫調，而古來作者甚多，既選定一人之格，則牌名之先後，句之長短，韵之多寡、平仄，當盡用此人之格，未有可以張冠李戴、斷鶴續鳧者也。

曲所以最患失調者，一字失調，則一句失調矣，一牌、一宫俱失調矣。乃知王伯良之《曲律》，李玄玉之《北詞廣正譜》，原非好爲苛論。

姜白石製詞，自記拍於字旁。張玉田《詞源》詳十二律諸記，足爲注脚，蓋即應律之工尺也。《遼史·樂志》云：『大樂其聲凡十：五、凡、工、尺、上、一、四、六、勾、合。』樂家既視《遼志》爲故常，當不疑姜記爲奇秘矣。

曲辨平仄，兼辨仄之上、去。蓋曲家以去爲送音，以上爲頓音，送高而頓低也。辨上、去，尤以煞尾句爲重；煞尾句，尤以末一字爲重。

玉田《詞源》，最重結聲，蓋十二宫所住之字不同者，必不容相犯也。此雖以六、凡、工、尺、上、一、四、勾、合、五言之，而平、上、去可推矣。

北曲楔子先於隻曲，南曲引子先於正曲。語意既忌占實，又忌落空；既怕罣漏，又怕夾雜：此爲大要。

曲一宫之内，無論牌名幾何，其篇法不出始、中、終三停。始要含蓄有度，中要縱横盡變，終要優游不竭。

『纍纍乎端如貫珠』，歌法以之，蓋取分明而聯絡也。曲之章法，所尚亦不外此。

曲句有當奇，有當偶。當奇而偶，當偶而奇，皆由昧於句讀、韵脚及襯字以致誤耳。

曲於句中多用襯字，固嫌喧客奪主；然亦有自昔相傳用襯字處，不用則反不靈活者。

曲止小令、雜劇、套數三種。小令、套數不用代字訣，雜劇全是代字訣。不代者品欲高，代者才欲富。此亦如『詩言志』『賦體物』之别也。

又套數視雜劇尤宜貫串，以雜劇可借白爲聯絡耳。

曲家高手，往往尤重小令。蓋小令一闋中，要具事之首尾，又要言外有餘味，所以爲難，不似套數可以任我鋪排也。

辨小令之當行與否，尤在辨其務頭。蓋腔之高低，節之遲速，此爲關鎖。故但看其務頭深穩瀏亮者，必作家也。俗手不問本調務頭在何句何字，祇管平塌填去，關鎖之地既差，全闋爲之減色矣。

曲以六部收聲：東、冬、江、陽、庚、青、蒸七韻穿鼻收，支、微、齊、佳、灰五韻展輔收，魚、虞、蕭、肴、豪、尤六韻斂唇收，真、文、元、寒、删、先六韻舐腭收，歌、麻二韻直喉收，侵、覃、鹽、咸四韻閉口收。六部既明，又須審其高下疾徐，歡愉悲戚，某韻畢竟是何神理，庶度曲時情韻不相乖謬。

詩韻有入聲者，東、冬、江、真、文、元、寒、删、先、陽、庚、青、蒸、侵、覃、鹽、咸是也。北曲韻俱無入聲。詩韻無入聲者，支、微、魚、虞、齊、佳、灰、蕭、肴、豪、歌、麻、尤是也。北曲韻即以東、冬至鹽、咸各韻入聲，配隸支、微等韻之平、上、去三聲。如屋本東之入聲，沃本冬之入聲，曲俱隸魚模上聲。以及覺本江入，曲隸蕭豪上。質，真入，曲齊微上。物，文入，曲魚模去。月，元入，曲車遮去。曷，寒入，曲歌戈平。黠，刪入，曲家麻平。屑，先入，曲車遮上。藥，陽入，曲蕭豪去。陌，庚入，曲皆來去。錫，青入；職，蒸入；緝，侵入；曲俱齊微上。合，覃入，曲歌戈平。葉，鹽入，曲車遮去。洽，咸入，曲家麻平。是其概已。

平、仄互叶，詞先於曲，如《西江月》《醜奴兒慢》《少年心》《換巢鸞鳳》《戚氏》是也。又《鼓笛令》《撥棹子》《蝶戀花》《漁家傲》《惜奴嬌》《大聖樂》亦俱有互叶之一體。然詞止以上、去叶平，非若北曲以入與三聲互叶也。

入聲配隸三聲，《中原音韵》自一東鐘至十九廉纖皆是也。然曲中用入作平之字，可有而不可多，多則習氣太重，且難高唱矣。

昔人言正清、次清之入聲，北音俱作上聲；次濁作去，正濁作平。此特舉其大略而已。檢《中原》韵部，入作上者，雖皆清聲，要其清聲之作去者，不下十之三四，作平者亦十之二三，焉得不別而識之！

北曲用《中原音韵》，南曲用《洪武正韵》，明人有其説矣。然南曲祇可從《正韵》分平、上、去之部，不可用其入聲爲韵脚。案：《正韵》二十二韵，入聲凡十。自東之入屋，以至鹽之入葉，其入聲徑讀入聲，三聲皆不能與之相叶；即句中各字於《中原》之入作平者，并以勿用爲妥。蓋南曲本脱胎於北，亦須無使北人棘口也。

曲家之所謂陰聲，即等韻家之所謂清聲；曲家之所謂陽聲，即等韻家之所謂濁聲。自《切韻指掌》《切韻指南》《四聲等子》於三十六字母已標清、濁，明陳藎謨獻可之《轉音經緯》，尤明白易曉，是以沈君徵《度曲須知》列入之。《轉音經緯》：見、端、知、幫、非、精、影、照八母爲純清，溪、透、徹、滂、敷、曉、清、心、穿、審十母次清，群、定、澄、并、奉、匣、從、邪、牀、禪十母純濁，疑、泥、娘、明、微、喻、來、日八母次濁，總無所謂半清、半濁、不清、不濁者，故可尚也。曲韻自《中原音韻》始分陰陽平，明范善溱《中州全韻》始分陰陽去，後人又分陰陽上，且於入聲之作平、上、去者，均以陰、陽分之。其實陰、陽之説未興，清、濁之名早立矣。

曲辨聲、音，音之難知過於聲。聲不過如平仄、頓送、陰陽而已，音則有出字、收音、圓音、尖音之别；其理頗微，未易悉言。姑舉其概曰：

蕭出西，江出幾，尤出移，魚收于，模收嗚，齊收噫，麻收哀巴切之音。圓如其、孝，尖如齊、笑。

《度曲須知》謂：『字之頭、腹、尾音與切字之理相通。切法即唱法。』余以爲唱法所用，乃係合聲。合聲者，切法之尤精者也。切字上一字爲母，辨聲之清濁，不論口法開合，合聲則兼辨開合矣；切字下一字爲韵，辨口法開合，不論聲之清濁，合聲則兼辨清濁矣。且合聲法，收聲不出影、喻二母，如哀、噫、嗚、于，皆是。

事莫貴於真知。周挺齋不階古昔，撰《中原音韵》，永爲曲韵之祖；明嘉、隆間江西魏良輔創水磨調，始行於婁東，後遂號爲『崑腔』，真知故也。余謂曲可不度，而聲音之道不可不知。鄭漁仲《七音略序》云：『釋氏以參禪爲大悟，以通音爲小悟。』夫小悟亦豈易言哉！

張平子始言『度曲』，《西京賦》所謂『度曲未終，雲起雪飛』是也。製曲者體此二語，則於曲中揚抑之道思過半矣。

王元美評曲，謂『北筋在弦，南力在板』。可知元美時，弦索之律，猶有存者。後此則知有板而已。然板存即是弦存，沈君徵論板之正贈，通於彈拍，近之。

《樂記》言『聲歌各有宜』，歸於『直己而陳德』。可知歌無今古，皆取以正聲感人。故曲之無益風化，無關勸戒者，君子不爲也。

《堯典》末，鄭注云：『歌所以長言詩之意。』『聲之曲折，又長言而爲之，聲中律乃爲和。』《周禮·樂師》鄭注云：『所爲合聲，亦等其曲折，使應節奏。』余謂曲之名義，大抵即曲折之意。《漢書·藝文志》：『《河南周歌聲曲折》七篇，《周謡歌詩曲折》七十五篇。』殆此類耶？

詞、曲本不相離，惟詞以文言，曲以聲言耳。詞、辭通。《左傳》襄二十九年杜注云：『此皆各依其本國歌所常用聲曲。』《正義》云：『其所作文辭，皆準其樂音，令宫商相和，使成歌曲。』是辭屬文，曲屬聲，明甚。古樂府有曰辭者，有曰曲者，其實辭即曲之辭，曲即辭之曲也。襄二十九年《正義》又云：『聲隨辭變，曲盡更歌。』此可爲詞、曲合一之證。

卷五　書概

聖人作《易》，立象以盡意。意，先天，書之本也；象，後天，書之用也。

『與天爲徒』，『與古爲徒』，皆學書者所有事也。天，當觀於其章；古，當觀於其變。

周篆委備，如《石鼓》是也。秦篆簡直，如《嶧山》《琅邪臺》等碑是也。其辨可譬之麻冕與純焉。

李斯作《倉頡篇》，趙高作《爰歷篇》，胡母敬作《博學篇》，皆爲小篆。而高、敬之書迄無所存，然安知不即雜於世所傳之小篆中耶？衛恒《書勢》稱李斯篆，并言『漢建初中，扶風曹喜少异於斯，而亦稱善』，是喜固偉然足自立者。後世乃傳有喜所書之《大風歌》，書體甚非古雅，不問而知爲僞物矣。

玉箸之名僅可加於小篆，舒元輿謂『秦丞相斯變倉頡籀文爲玉箸篆』是也。顧論其别，則頡籀不可爲玉箸；論其通，則分、真、行、草，亦未嘗無玉箸之意存焉。

玉箸在前，懸針在後。自有懸針，而波、磔、鈎、挑由是起矣。懸針作於曹喜，然籀文却已豫透其法。

孫過庭《書譜》云：『篆尚婉而通。』余謂此須婉而愈勁、通而愈節乃可，不然，恐涉於描字也。

篆書要如龍騰鳳翥，觀昌黎歌《石鼓》可知。或但取整齊而無變化，則槧人優爲之矣。

篆之所尚，莫過於筋，然筋患其弛，亦患其急。欲去兩病，觶筆自有訣也。

魏初邯鄲生傳古文，同時惟衛覬亦善之，餘無聞焉。蓋古文有字學，有書法，必取相兼，是以難也。雖三代遺器款識，後世亦多有從事者，然但務識字，已矜絶學。使古人復作，其遂饜志也耶？

款識之學，始興於北宋。歐公《集古録》稱劉原父博學好古，能讀古人銘識，考知其人事迹，每有所得，必摹其文以見遺。今觀《毛伯敦》《龔伯彝》《叔高父煮簋》《伯庶父敦》諸銘，載録中者皆是也。時太常博士楊南仲亦能讀古文篆籀，原父釋《韓城鼎銘》，公謂與南仲所寫時有不同。蓋雖未判兩家孰是，而古文之難讀見矣。鄭漁仲《金石略》，自晋姜鼎迄軹家釜，列三代器名二百三十有七，可不謂多乎？然如未詳其辭何！

古文字少，故有無偏旁而當有偏旁者，有語本兩字而書作一字者。自大小篆興，孳乳益多，則無事此矣。然大略之中，椎輪之質固在。

隸與八分之先後同異，辨而愈晦，其失皆坐狹隸而寬分。夫隸體有古於八分者，故秦權上字爲隸；有不及八分之古者，故鍾、王正書亦爲隸。蓋隸其通名，而八分統矣。稱鍾可謂之鐵，鐵不可謂之稱鍾。從事隸與八分者，盍先審此？

八分書『分』字，有分數之分，如《書苑》所引蔡文姬論八分之言是也；有分別之分，如《説文》之解『八』字是也。自來論八分者，不能外此兩意。

《書苑》引蔡文姬言：『割程隸字八分取二分，割李篆字二分取八分，於是爲八分書。』此蓋以『分』字作分數解也。然信如割取之説，雖使八分隸二分篆，其體猶古於他隸，况篆八隸二，不儼然篆矣乎？是可知言之不出於文姬矣。

凡隸體中皆暗包篆體，欲以分數論分者，當先問程隸是幾分書。雖程隸世已無傳，然以漢隸逆推之，當必不如《閣帖》中所謂程邈書直是正書也。

王愔云：『次仲始以古書方廣少波勢，建初中以隸草作楷法，字方八分，言有模楷。』吾丘衍《學古編》云：『八分者，漢隸之未有挑法者也。比秦隸則易識，比漢隸則微似篆，若用篆筆作漢隸字，即得之矣。』波勢與篆筆，兩意難合。洪氏《隸釋》言：『漢字有八分有隸，其學中絶，不可分別。』非中絶也，漢人本無成説也。

王愔所謂『字方八分』者，蓋字比於『八』之分也。《説文》：『八，别也。象分别相背之形。』此雖非爲八分言之，而八分之意法具矣。

《開通褒斜道石刻》，隸之古也；《祀三公山碑》，篆之變也。《延光殘碑》《夏承碑》《吴天發神讖碑》差可附於八分篆二分隸之説，然必以此等爲八分，則八分少矣。或曰『鴻都石經』乃八分體也。

以參合篆體爲八分，此後人亢而上之之言也。以有波勢爲八分，覺於始制八分情事差近。

由大篆而小篆，由小篆而隸，皆是寖趨簡捷，獨隸之於八分不然。蕭子良謂『王次仲飾隸爲八分』，『飾』字有整飭矜嚴之意。

衛恒《書勢》言『隸書者，篆之捷』，即繼之曰：『上谷王次仲始作楷法。』楷法實即八分，而初未明言。直至叙梁鵠弟子毛弘，始云『今八分皆弘法』。可知前此雖有分書，終嫌字少，非出於假借，則易窮於用，至弘乃益之，使成大備耳。

衛恒言『王次仲始作楷法』，指八分也。隸書簡省篆法，取便徒隸，其後從流下而忘反，俗陋日甚。譬之於樂，中聲以降，五降之後不容彈。故八分者，隸之節也。八分所重在字畫有常，勿使增減遷就，上亂古而下入俗，則楷法於是焉在，非徒以波勢一端示別矣。

鍾繇謂八分書爲章程書。章程，大抵以其字之合於功令而言耳。

漢律以六體試學童，隸書與焉。吏民上書，字或不正，輒舉劾。是知一代之書，必有章程。章程既明，則但有正體而無俗體。其實漢所謂正體，不必如秦；秦所謂正體，不必如周。後世之所謂正體，由古人觀之，未必非俗體也。然俗而久，則爲正矣。後世欲識漢分孰合功令，亦惟取其書占三從二而已。

小篆，秦篆也；八分，漢隸也。秦無小篆之名，漢無八分之名，名之者皆後人也。後人以籀篆爲大，故小秦篆；以正書爲隸，故八分漢隸耳。

書之有隸，生於篆，如音之有徵，生於宫。故篆取力弇氣長，隸取勢險節短，蓋運筆與奮筆之辨也。

隸形與篆相反，隸意却要與篆相用。以峭激蘊紆餘，以倔强寓款婉，斯徵品量。不然，如撫劍疾視，適足以見其無能爲耳。

蔡邕作飛白，王僧虔云：『飛白，八分之輕者。』衛恒作散隸，韋續謂『迹同飛白』。顧曰『飛』、曰『白』、曰『散』，其法不惟用之分隸。此如垂露、懸針，皆是篆法，他書亦恒用之。

分數不必用以論分，而可借以論書。漢隸既可當小篆之八分書，是小篆亦大篆之八分書，正書亦漢隸之八分書也。然正書自顧野王本《説文》以作《玉篇》，字體間有嚴於隸者，其分數未易定之。

未有正書以前，八分但名爲隸；既有正書以後，隸不得不名八分。名八分者，所以别於今隸也。歐陽《集古録》於漢曰『隸』，於唐曰『八分』。論者不察其言外微旨，則譏其誤也亦宜。

漢《楊震碑》隸體略與後世正書相近，若吴《衡陽太守葛府君碑》則直是正書，故評者疑之。然鍾繇正書已在《葛碑》之前，繇之死在魏太和四年，其時吴猶未以長沙西部爲衡陽郡也。

唐太宗御撰《王羲之傳》曰：『善隸書，爲古今之冠。』或疑羲之未有分隸，其實自唐以前，皆稱楷字爲隸，如東魏《大覺寺碑》題曰『隸書』是也。郭忠恕云：『八分破而隸書出。』此語可引作《羲之傳》注。

正書雖統稱今隸，而塗徑有別。波磔小而鈎角隱，近篆者也；波磔大而鈎角顯，近分者也。

楷無定名，不獨正書當之。漢北海敬王睦善史書，世以爲楷，是大篆可謂楷也。衛恒《書勢》云『王次仲始作楷法』，是八分爲楷也。又云『伯英下筆必爲楷』，則是草爲楷也。

以篆隸爲古，以正書爲今，此祇是據體而言。其實書之辨全在身分斤兩，體其末也。

世言漢劉德升造行書，而《晋·衛恒傳》但謂『魏初有鍾、胡二家爲行書法，俱學之於劉德升』，初不謂行書自德升造也。至三家之書品，庾肩吾已論次之。蓋德升中之上，胡昭上之下，鍾繇上之上云。

行書有真行，有草行。真行近真而縱於真，草行近草而斂於草。東坡謂『真如立，行如行，草如走』。行豈可同諸立與走乎？

行書行世之廣，與真書略等，篆、隸、草皆不如之。然從有此體以來，未有專論其法者。蓋行者，真之捷而草之詳。知真、草者之於行，如繪事欲作碧緑，祇須會合青黄，無庸别設碧緑料也。

許叔重謂『漢興，有草書』，衛恒《書勢》謂草書『不知作者姓名，至齊相杜度號善作篇』云云，是草固不始於度矣。或又以褚先生補《史記》嘗云『謹論次其真、草詔書，編於左方』，遂謂孝武時已有草書。然解人第以裨諶草創、屈原屬草稿例之。且彼以真、草對言，豈孝武時已有真書之目耶？

章草，『章』字乃章奏之『章』，非指章帝，前人論之備矣。世誤以爲章帝，由見《閣帖》有漢章帝書也。然章草雖非出於章帝，而《閣帖》所謂章帝書者，當由集章草而成。《書斷》稱張伯英善草書，『尤善章草』。《閣帖》張芝書末一段，字體方勻，波磔分明，與前數段不同，與所謂章帝書却同。末段乃是章草，而前僅可謂草書。大抵章草用筆結字，取乎有制。孫過庭言『章務檢而便』，蓋非檢不足以敬章也。又如《閣帖》皇象草書，亦章草法。

章草，有史游之章草，蓋其《急就章》解散隸體，簡略書之，此猶未離乎隸也；有杜度之章草，蓋章帝愛其草書，令上表亦作草書，是用則章，實則草也。至張伯英善草書，尤善章草。故張懷瓘謂伯英『章則勁骨天縱，草則變化無方』，以示別焉。

黄長睿言分波磔者爲章草，非此者但謂之草。昔人亦有謂各字不連綿曰章草、相連綿曰今草者。按草與章草，體宜純一；世俗書或二者

相間，乃所謂『以爲龍又無角，謂之蛇又有足』者也。

漢篆《祀三公山碑》『屢』字，下半帶行草之勢；隸書《楊孟文頌》『命』字，《李孟初碑》『年』字，垂筆俱長兩字許，亦與草類。然草已起於建初時，不當强以莊周注郭象也。

蕭子良云：『稿書者，董仲舒欲言灾异，稿草未上，即爲稿書。』按此所謂『稿』，其字體不可得而知矣。可知者，如韋續言『稿者，行草之文』，近是。

周興嗣《千字文》：『杜稿鍾隸。』稿之名似乎惟草當之。然黄山谷於顔魯公《祭伯父濠州刺史文稿》，謂其真、行、草法皆備，可見稿不拘於一格矣。

書家無篆聖、隸聖，而有草聖。蓋草之道千變萬化，執持尋逐，失之愈遠，非神明自得者，孰能止於至善耶？

他書法多於意，草書意多於法。故不善言草者，意法相害；善言草者，意法相成。草之意法，與篆、隸、正書之意法，有對待，有旁通；若行，固草之屬也。

移易位置，增減筆畫，以草較真有之，以草較草亦有之。學草者移易易知，而增減每不盡解。蓋變其短長肥瘦，皆是增減，非止多一筆少一筆之謂也。

草書結體貴偏而得中，偏如上有偏高偏低，下有偏長偏短，兩旁有偏爭偏讓皆是。

庸俗行草結字之體尤易犯者，上與左小而瘦，下與右大而肥。其橫竪波磔，用筆之輕重亦然。

古人草書，空白少而神遠，空白多而神密。俗書反是。

懷素自述草書所得，謂觀夏雲多奇峰，嘗師之。然則學草者徑師奇峰可乎？曰：不可。蓋奇峰有定質，不若夏雲之奇峰無定質也。

昔人言『爲書之體，須入其形』，以『若坐、若行、若飛、若動、若往、若來、若卧、若起、若愁、若喜』狀之，取不齊也。然不齊之中，流通照應，必有大齊者存。故辨草者，尤以書脉爲要焉。

草書尤重筆力。蓋草勢尚險，凡物險者易顛，非具有大力，奚以固之？

草書之筆畫，要無一可以移入他書；而他書之筆意，草書却要無所不悟。

地師相地，先辨龍之動不動，直者不動而曲者動，蓋猶草書之用筆也。然明師之所謂曲直，與俗師之所謂曲直异矣。

草書尤重筋節，若筆無轉换，一直溜下，則筋節亡矣。雖氣脉雅尚緜亘，然總須使前筆有結，後筆有起，明續暗斷，斯非浪作。

草書渴筆，本於飛白。用渴筆分明認真，其故不自渴筆始。必自每作一字，筆筆皆能中鋒雙鈎得之。

正書居静以治動，草書居動以治静。

草書比之正書，要使畫省而意存，可於争讓向背間悟得。

欲作草書，必先釋智遺形，以至於超鴻濛，混希夷，然後下筆。古人言『匆匆不及草書』，有以也。

書凡兩種：篆、分、正爲一種，皆詳而静者也；行、草爲一種，皆簡而動者也。

《石鼓文》，韋應物以爲文王鼓，韓退之以爲宣王鼓，總不離乎周鼓也。而《通志·金石略序》云：『三代而上，惟勒鼎彝，秦人始大其制而用石鼓，始皇欲詳其文而用豐碑。』故《金石略》列秦篆之目，以《石鼓》居首。夫謂秦用鼓，事或有之，然未見即爲『遊車既工』之鼓。不然，何以是鼓之辭醇字古，與豐碑顯异耶？

《祀巫咸大湫文》，俗呼《詛楚文》，字體在大、小篆間。論小篆者，謂始於秦，而不始於李斯，引此文爲證，蓋以爲秦惠文王時書也。然《通志·金石略》作李斯篆，其必有所考與？

《閣帖》以正書爲程邈隸書，蓋因張懷瓘有『程邈造字皆真正』之言。然如漢隸《開通褒斜道石刻》，其字何嘗不『真正』哉！亦何嘗不與後世之正書异也！

漢人書隸多篆少，而篆體方扁，每駸駸欲入於隸。惟《少室》《開母》兩石闕銘，雅潔有制，差覺上蔡法程，於兹未遠。

《集古録》跋尾云：『余家集古所録三代以來鐘鼎彝器銘刻備有，至後漢以來始有碑文，欲求前漢時碑碣，卒不可得，是則冢墓碑自後漢以來始有也。』案：前漢墓碑固無，即他石刻亦少，此魯孝王之片石所以倍增光價與！

漢碑蕭散如《韓敕》《孔宙》，嚴密如《衡方》《張遷》，皆隸之盛也。若《華山廟碑》，旁礴鬱積，瀏灕頓挫，意味尤不可窮極。

《華山》《郭泰》《夏承》《郙閣》《魯峻》《石經》《范式》諸碑，皆世所謂蔡邕書也。《乙瑛》《韓敕》《上尊號》《受禪》諸碑，皆世所謂鍾繇書也。邕之死，繇之始仕，皆在獻帝初。談漢碑者，遇前輒歸蔡，遇後輒歸鍾，附會猶爲近似。至《乙瑛》《韓敕》二碑，時在鍾前，《范式碑》時在蔡後，則尤難解，然前人固有解之者矣。

蔡邕洞達，鍾繇茂密。余謂兩家之書同道，洞達正不容針，茂密正能走馬。此當於神者辨之。

稱鍾繇、梁鵠書者，必推《乙瑛》《孔羡》二碑，蓋一則神超，一則骨煉也。《乙瑛碑》時在鍾前，自非追立，難言出於鍾手。至《孔羡》則更無疑其非梁書者。《上尊號碑》及《受禪碑》，書人爲鍾爲梁，所傳無定。

其書愈工而垢彌甚，非書之累人，乃人之累書耳。

正、行二體始見於鍾書，其書之大巧若拙，後人莫及，蓋由於分書先不及也。過庭《書譜》謂『元常不草』，殆亦如伯昏無人所云『不射之射』乎？

崔子玉《草書勢》云：『放逸生奇。』又云：『一畫不可移。』『奇』與『不可移』合而一之，故難也。今欲求子玉草書，自《閣帖》所摹之外，不少概見，然兩言津逮，足當妙迹已多矣。

張伯英草書隔行不斷，謂之『一筆書』。蓋隔行不斷，在書體均齊者猶易，惟大小疏密，短長肥瘦，倏忽萬變，而能潛氣内轉，乃稱神境耳。

評鍾書者，謂如盛德君子，容貌若愚，此易知也。評張書者，謂如班輸構堂，不可增減，此難知也。然果能於鍾究拙中之趣，亦漸可於張得放中之矩矣。

晋隸爲宋、齊所難繼，而《孫夫人碑》及《吕望表》尤爲晋隸之最。論者以其峻整超逸，分比梁、鍾，非過也。

索幼安分隸，前人以韋誕、鍾繇、衛瓘比之，而尤以草書爲極詣。其自作《草書狀》云：『或若俶儻而不群，或若自檢其常度。』惟『俶儻』而彌『自檢』，是其所以真能俶儻與？

『索靖書如飄風忽舉，鷙鳥乍飛』，其爲沉著痛快極矣。論者推之爲北宗，以歐陽信本書爲其支派，説亦近是。然三日觀碑之事，不足引也。

右軍《樂毅論》《畫像贊》《黃庭經》《太師箴》《蘭亭序》《告誓文》，孫過庭《書譜》論之，推極情意神思之微。在右軍爲因物，在過庭亦爲知本也已。

右軍自言見李斯、曹喜、梁鵠等字，見蔡邕《石經》於從弟洽處，復見張昶《華岳碑》，是其書之取資博矣。或第以爲王導携《宣示表》過江，輒謂東晋書法不出此表，以隱寓微辭於逸少。蓋以見王書不出鍾繇之外，而《宣示》之在鍾書，又不及十一也。然使平情而論，當不出此。

右軍書『不言而四時之氣亦備』，所謂『中和誠可經』也。以毗剛毗柔之意學之，總無是處。

右軍書以二語評之，曰：力屈萬夫，韵高千古。

羲之之器量，見於郗公求婿時，東床坦腹，獨若不聞，宜其書之静而多妙也。經綸見於規謝公以『虚談廢務，浮文妨要』，宜其書之實而求是也。

唐太宗著《王羲之傳論》，謂蕭子雲無丈夫氣，以明逸少之盡善盡美。顧後來名爲似逸少者，其無丈夫之氣甚於子雲，遂致昌黎有『羲之俗書趁姿媚』之句，然逸少不任咎也。

黄山谷云：『大令草書殊迫伯英。』所以中間論書者，以右軍草入能品，而大令草入神品。余謂大令擅奇固尤在草，然論大令書不必與右軍相較也。

大令《洛神十三行》，黄山谷謂『宋宣獻公、周膳部少加筆力，亦可及此』。此似言之太易，然正以明大令之書，不惟以妍妙勝也。其《保母磚志》，近代雖祇有摹本，却尚存勁質之意。學晋書者，固尤當以勁質先之。

清，恐人不知，不如恐人知。子敬書高致逸氣，視諸右軍，其如胡威之於父質乎？

《集古録》謂『南朝士人，氣尚卑弱，字書工者，率以纖勁清媚爲佳』。斯言可以矯枉，而非所以持平。南書固自有高古嚴重者，如陶貞白之流便是，而右軍雄强無論矣。

《瘞鶴銘》剥蝕已甚，然存字雖少，其舉止歷落，氣體宏逸，令人味之不盡。書人本難確定主名，其以爲出於貞白者，特較言逸少、顧況爲近耳。

《瘞鶴銘》用筆隱通篆意，與後魏鄭道昭書若合一契，此可與究心南北書者共參之。蔡忠惠乃云：『元魏間盡習隸法，自隋平陳，多以楷隸相參，《瘞鶴文》有楷隸筆，當是隋代書。』其論北書未嘗推本於篆，故論《鶴銘》亦未盡肖也。

索征西書，世所奉爲北宗者。然蕭子雲臨征西書，世便判作索書，南書顧可輕量也哉！

歐陽《集古録》跋王獻之《法帖》云：『所謂法帖者，率皆吊哀、候病、叙暌離、通訊問，施於家人朋友之間，不過數行而已。蓋其初非用意，而逸筆餘興，淋漓揮灑，或妍或醜，百態横生，使人驟見驚絶，守而視之，其意態愈無窮盡。至於高文大册，何嘗用此。』案：高文大册，非碑而何？公之言雖詳於論帖，而重碑之意亦見矣。

晋氏初禁立碑，語見任彦昇爲范始興作《求立太宰碑表》。宋義熙初，裴世期表言：『碑銘之作，以明示後昆，自非殊功异德，無以允應兹典。俗敝僞興，華煩已久，不加禁裁，其敝無已。』則知當日視立碑爲异數矣。此禁至齊未弛，故范表之所請，卒寢不行。北朝未有此禁，是以碑多。竇臮《述書賦》列晋、宋、齊、梁、陳至一百四十五人。向使南朝無禁，安知碑迹之盛，不駕北而上之耶？

西晋索靖、衛瓘善書齊名。靖本傳言『瓘筆勝靖，然有楷法，遠不及靖』，此正見論兩家者不可觭爲輕重也。瓘之書學，上承父覬，下開子恒，而靖未詳受授。要之，兩家皆并籠南北者也。渡江以來，王、謝、郗、庾四氏，書家最多；而王家羲、獻，世罕倫比，遂爲南朝書法之祖。其後擅名，宋代莫如羊欣，實親受於子敬；齊莫如王僧虔，梁莫如蕭子雲，淵源俱出二王；陳僧智永，尤得右軍之髓。惟善學王者，率皆本領是當。苟非骨力堅强，而徒摹擬形似，此北派之所由誚南宗與！

論北朝書者，上推本於漢、魏，若《經石峪大字》《雲峰山五言》《鄭文公碑》《刁惠公志》，則以爲出於《乙瑛》；若《張猛龍》《賈使君》《魏靈藏》《楊大眼》諸碑，則以爲出於《孔羨》。余謂若由前而推諸後，唐褚、歐兩家書派，亦可準是辨之。

歐陽公跋東魏《魯孔子廟碑》云：『後魏、北齊時書多如此，筆畫不甚佳，然亦不俗，而往往相類。疑其一時所尚，當自有法。』跋北齊《常山義七級碑》云：『字畫佳，往往有古法。』余謂北碑固長短互見，不容相掩，然所長已不可勝學矣。

北朝書家，莫盛於崔、盧兩氏。《魏書·崔玄伯傳》詳玄伯之善書云：『玄伯祖悦，與范陽盧諶并以博藝著名。諶法鍾繇，悦法衛瓘，而俱習索靖之草，皆盡其妙。諶傳子偃，偃傳子邈；悦傳子潛，潛傳玄伯；世不替業。故魏初重崔、盧之書。』觀此，則崔、盧家風豈下於南朝羲、獻哉！惟自隋以後，唐太宗表章右軍；明皇篤志大令《桓山頌》，其批答至有『桓山之頌，復在於兹』之語。及宋太宗復尚二王，其命翰林侍書王著摹《閣帖》，雖博取諸家，歸趣實以二王爲主。以故藝林久而成習，與之言羲、獻，則怡然；與之言悦、諶，則惘然。况悦、諶以下者乎！

篆尚婉而通，南帖似之；隸欲精而密，北碑似之。

北書以骨勝，南書以韵勝。然北自有北之韵，南自有南之骨也。

南書温雅，北書雄健。南如袁宏之牛渚諷咏，北如斛律金之《敕勒歌》。然此衹可擬一得之士，若母群物而腹衆才者，風氣固不足以限之。

蔡君謨識隋丁道護《啓法寺碑》云：『此書兼後魏遺法。隋、唐之交，善書者衆，皆出一法，道護所得最多。』歐陽公於是碑跋云：『隋之晚年，書家尤盛。吾家率更與虞世南，皆當時人也。後顯於唐，遂爲絶筆。余所集録開皇、仁壽、大業時碑頗多，其筆畫率皆精勁。』由是言可知歐、虞與道護若合一契，而魏之遺法所被廣矣。推之隋《龍藏寺碑》，歐陽公以爲『字畫遒勁，有歐、虞之體』。後人或謂出東魏《李仲琁》《敬顯俊》二碑，蓋猶此意，惜書人不可考耳。

永禪師書，東坡評以『骨氣深穩，體兼衆妙，精能之至，反造疏澹』。則其『實境』『超詣』爲何如哉？今摹本《千文》，世尚多有，然律以東坡之論，相去不知幾由旬矣。

李陽冰學《嶧山碑》，得《延陵季子墓題字》而變化。其自論書也，謂於天地山川、日月星辰、雲霞草木、文物衣冠，皆有所得。雖未嘗顯以篆訣示人，然已示人畢矣。

李陽冰篆，活潑飛動，全由力能舉其身。一切書皆以身輕爲尚，然除却長力，别無輕身法也。

唐碑少大篆，賴《碧落碑》以補其闕。然凡書之所以傳者，必以筆法之奇，不以托體之古也。李肇《國史補》言李陽冰見此碑，寢卧其下，數日不能去。論者以爲陽冰篆筆過於此碑，不應傾服至此，則亦不然。蓋人無陽冰之學，焉知其所以傾服也？即其書不及陽冰，然右軍書師王廙，及其成也，過廙遠甚。青出於藍，事固多有。謂陽冰必蔑視此碑，夫豈所以爲陽冰哉！至書者或爲陳惟玉，或爲李譔，前人已不能定矣。元吾丘衍謂李陽冰即杜甫甥李潮，論者每不然之。觀《唐書·宰相世系表》，趙郡李氏雍門子，長湜，次瀞字堅冰，次陽冰。潮之爲名，與湜、瀞正復相類，陽冰與堅冰似皆爲字，或始名潮字陽冰，後以字爲名，而别字少温，未可知也。且杜詩云『况潮小篆逼秦相』，而歐陽《集古録》未有潮篆，鄭漁仲《金石略》於唐篆家，陽冰外但列唐玄度、李庚、王遹諸人，亦不及潮，何也？

李陽冰篆書，自以爲『斯翁之後，直至小生』。然歐陽《集古録》論唐篆，於陽冰之前稱王遹，於其後稱李靈省，則當代且非無人，而况於古乎！

唐八分，杜詩稱韓擇木、蔡有鄰、李潮三家，歐陽六一合之史維則，稱四家。四家書之傳世者，史多於韓，韓多於蔡，李惟《慧義寺彌勒像碑》《彭元曜墓志》，載於趙氏《金石録》，何寥寥也！吾丘衍疑潮與陽冰爲一人，則篆既盛傳，分雖少，可無憾矣。

歐陽文忠於唐八分尤推韓、史、李、蔡四家。夫四家固卓爲書杰，而四家外若張璪、瞿令問、顧戒奢、張庭珪、胡証、梁升卿，韓秀榮、秀弼、秀實，劉升、陸堅、李著、周良弼、史鎬、盧曉，各以能鳴，亦未可謂『餘子碌碌』也。近代或專言漢分，比唐於『自鄶以下』，其亦過矣。

唐隸規模出於魏碑者十之八九，其骨力亦頗近之，大抵嚴整警策，是其所長。

論唐隸者，謂唐初歐陽詢、薛純陁、殷仲容諸家，漢、魏遺意尚在，至開元間，則變而即遠，此以氣格言也。然力量在人，不因時异，更當觀之。

言隸者，多以漢爲古雅幽深，以唐爲平滿淺近。然蔡有鄰《尉遲迥碑》、《廣川書跋》謂當與『鴻都石經』相繼，何嘗於漢、唐過分畛域哉！至有鄰《興唐寺石經藏贊》，歐陽公謂『與三代器銘何异』，論雖似過，亦所謂『以我不平，破汝不平』也。

後魏孝文《吊比干墓文》，體雜篆、隸，相傳爲崔浩書。東魏《李仲琁修孔子廟碑》、隋《曹子建碑》，皆衍其流者也。唐《景龍觀鐘銘》蓋亦效之，然頗能節之以禮。

唐僧懷仁集《聖教序》，古雅有淵致。黄長睿謂『碑中字與右軍遺帖所有者，纖微克肖』。今遺帖之是非難辨，轉以此證遺帖可矣。或言懷仁能集此序，何以他書無足表見？然更何待他書之表見哉！

學《聖教》者致成爲院體，起自唐吴通微，至宋高崇望、白崇矩益貽口實。故蘇、黄論書，但盛稱顔尚書、楊少師，以見與《聖教》别异也。其實顔、楊於《聖教》，如禪之翻案，於佛之心印，取其明離暗合；院體乃由死於句下，不能下轉語耳。小禪自縛，豈佛之過哉！

唐人善集右軍書者，懷仁《聖教序》外，推僧大雅之《吴文碑》。《聖教》行世，固爲尤盛，然此碑書足備一宗。蓋《聖教》之字雖間有峭勢，而此則尤以峭尚，想就右軍書之峭者集之耳。唐太宗御製《王羲之傳》曰：『勢如斜而反正。』觀此，乃益有味其言。

虞永興書出於智永，故不外耀鋒芒而内涵筋骨。徐季海謂『歐、虞爲鷹隼』。歐之爲鷹隼易知，虞之爲鷹隼難知也。

學永興書，第一要識其筋骨勝肉。綜昔人所以稱《廟堂碑》者，是何精神！而展轉翻刻，往往入於膚爛，在今日則轉不如學《昭仁寺碑》

矣。

論唐人書者，别歐、褚爲北派，虞爲南派。蓋謂北派本隸，欲以此尊歐、褚也。然虞正自有篆之玉箸意，特主張北書者不肯道耳。

王紹宗書似虞伯施，觀《王徵君青石銘》可見。紹宗與人書，嘗言『鄙夫書無工者』，又言『吴中陸大夫嘗以余比虞君，以不臨寫故也』。數語乃書家真實義諦，不知者則以爲好作勝解矣。

率更《化度寺碑》筆短意長，雄健彌復深雅。評者但謂是直木曲鐵法，如介胄有不可犯之色，未盡也。或移以評蘭臺《道因》，則近耳。

大小歐陽書并出分隸，觀蘭臺《道因碑》有批法，則顯然隸筆矣。或疑蘭臺學隸，何不盡化其迹？然初唐猶參隋法，不當以此律之。

東坡評褚河南書『清遠蕭散』。張長史告顏魯公述河南之言，謂『藏鋒畫乃沉著』。兩說皆足爲學褚者之資，然有看綉、度針之別。

褚河南書爲唐之廣大教化主，顏平原得其筋，徐季海之流得其肉。而季海不自謂學褚未盡，轉以翬翟爲譏，何悖也！

褚書《伊闕佛龕碑》，兼有歐、虞之勝，至慈恩《聖教》，或以王行滿《聖教》擬之。然王書雖縝密流動，終遜其逸氣也。

唐歐、虞兩家書，各占一體。然上而溯之，自東魏《李仲琁》《敬顯儁》二碑，已可觀其會通，不獨歐陽六一以『有歐、虞體』評隋《龍藏寺》也。

歐、虞并稱，其書方圓剛柔，交相爲用。善學虞者和而不流，善學歐者威而不猛。

歐、褚兩家并出分隸，於『遒逸』二字各得所近。若借古《書評》評之：歐其如龍威虎震，褚其如鶴游鴻戲乎？

虞永興掠磔亦近勒努，褚河南勒努亦近掠磔，其關捩隱由篆隸分之。

陸柬之之書渾勁，薛稷之書清深。陸出於虞，薛出於褚。世或稱歐、虞、褚、薛，或稱歐、虞、褚、陸。得非以宗尚之异，而漫爲軒輊耶？

唐初歐、虞、褚外，王知敬、趙模兩家書，皆精熟遒逸，在當時極爲有名。知敬書《李靖碑》，模書《高士廉碑》，既已足徵意法，而同時有書佳而不著書人之碑，潛鑒者每謂出此兩家之手。書至於此，猶不得儕歐、虞之列，此登岳者所以必凌絶頂哉！

孫過庭草書，在唐爲善宗晋法。其所書《書譜》，用筆破而愈完，紛而愈治，飄逸愈沉著，婀娜愈剛健。

孫過庭《書譜》謂『古質而今妍』，而自家書却是妍之分數居多，試以旭、素之質比之，自見。

李北海書氣體高異，所難尤在一點一畫皆如抛磚落地，使人不敢以虛憍之意擬之。

李北海書以拗峭勝，而落落不涉作爲。昧其解者，有意低昂，走入佻巧一路，此北海所謂『似我者俗，學我者死』也。

李北海、徐季海書多得异勢，然所恃全在筆力。東坡論書謂『守駿莫如跛』，余亦謂用跛莫如駿焉。

過庭《書譜》稱右軍書『不激不厲』，杜少陵稱張長史草書『豪蕩感激』，實則如止水、流水，非有二水也。

張長史真書《郎官石記》，東坡謂『作字簡遠，如晋、宋間人』，論者以爲知言。然學張草者，往往未究其法，先挾狂怪之意。豈知草固出於其真，而長史之真何如哉？山谷言：『京、洛間人，傳摹狂怪字，不入右軍父子繩墨者，皆非長史筆。』審此而長史之真出矣。

學草書者探本於分隸二篆，自以爲不可尚矣。張長史得之古鐘鼎銘科斗篆，却不以觭見之。此其視彼也，不猶海若之於河伯耶？

韓昌黎謂張旭書『變動猶鬼神不可端倪』。此語似奇而常。夫鬼神之道，亦不外屈信闔闢而已。

長史、懷素皆祖伯英今草。長史《千文》殘本，雄古深邃，邈焉寡儔。懷素大小字《千文》，或謂非真，顧精神雖遜長史，其機勢自然，當亦從原本脱胎而出；至《聖母帖》，又見與二王之門庭不异也。

張長史書悲喜雙用，懷素書悲喜雙遣。

旭、素書可謂謹嚴之極。或以爲顛狂而學之，與宋向氏學盜何异？旭、素必謂之曰：若失顛狂之道至此乎？

顔魯公書，自魏、晋及唐初諸家皆歸櫽括。東坡詩有『顔公變法出新意』之句，其實變法得古意也。

顔魯公正書，或謂出於北碑《高植墓志》及穆子容所書《太公吕望表》，又謂其行書與《張猛龍碑》後行書數行相似，此皆近之。然魯公之學古，何嘗不多連博貫哉？

歐、虞、褚三家之長，顔公以一手擅之。使歐見《郭家廟碑》，虞、褚見《宋廣平碑》，必且撫心高蹈，如師襄之發嘆於師文矣。

魯公書《宋廣平碑》，紆餘藴藉，令人味之無極，然亦實無他奇，衹是從《梅花賦》傳神寫照耳。至前人謂其從《瘞鶴銘》出，亦爲知言。

《坐位帖》，學者苟得其意，則自運而輒與之合，故評家謂之方便法門。然必胸中具旁礴之氣，腕間贍真實之力，乃可語庶乎之詣。不然，雖字摹畫擬，終不免如莊生所謂似人者矣。

顔魯公書，書之汲黯也。阿世如公孫弘，舞智如張湯，無一可與并立。

或問：顔魯公書何似？曰：似司馬遷。懷素書何似？曰：似莊子。曰：不以一沉著、一飄逸乎？曰：必若此言，是謂馬不飄逸，莊不沉著也。

蘇靈芝書，世或與李泰和、顔清臣、徐季海并稱。然靈芝書但妥帖舒暢，其於李之倜儻、顔之雄毅、徐之韵度，皆遠不能逮，而所書之碑甚多。歐陽六一謂唐有寫經手，如靈芝者，亦可謂唐之寫碑手矣。

柳誠懸書,《李晟碑》出歐之《化度寺》,《玄秘塔》出顔之《郭家廟》,至如《沂州普照寺碑》,雖係後人集柳書成之,然『剛健含婀娜』,乃與褚公神似焉。

裴公美書,大段宗歐,米襄陽評之以『真率可愛』。『真率』二字最爲難得,陶詩所以過人者在此。

秦碑力勁,漢碑氣厚,一代之書,無有不肖乎一代之人與文者。《金石略序》云:『觀晋人字畫,可見晋人之風猷;觀唐人書踪,可見唐人之典則。』諒哉!

五代書,蘇、黄獨推楊景度。今但觀其書之尤杰然者,如《大仙帖》,非獨勢奇力强,其骨裹謹嚴,真令人無可尋間。此不必沾沾於摹顔擬柳,而顔、柳之實已備矣。

楊景度書，機括本出於顏，而加以不衫不履，遂自成家。然學楊者，尤貴筆力足與抗行，不衫不履，其外焉者也。

歐陽公謂徐鉉與其弟鍇『皆能八分小篆，而筆法頗少力』。黄山谷謂鼎臣篆『氣質高古，與陽冰并驅争先』。余謂二公皆據偶見之徐書而言，非其書之本無定品也。必兩言皆是，則惟取其高古可耳。

徐鼎臣之篆正而純，郭恕先、僧夢英之篆奇而雜。英固方外，郭亦畸人，論者不必强以徐相絜度也。英論書獨推郭而不及徐，郭行素狂，當更少所許可。要之，徐之字學冠絶當時，不止逾於英、郭。或不苛字學而但論書才，則英、郭固非徐下耳。

歐陽公謂『唐世人人工書』，『今士大夫忽書爲不足學，往往僅能執筆』。此蓋嘆宋正書之衰也。而分書之衰更甚焉。其善者，郭忠恕以篆古之筆溢爲分隸，獨成高致。至如嗣端、雲勝兩沙門，并以隸鳴。嗣端尚不失唐人遺矩，雲勝僅堪取給而已。金党懷英既精篆籀，亦工隸法，此人惜不與稼軒俱南耳。

北宋名家之書，學唐各有所尤近：蘇近顔，黄近柳，米近褚；惟蔡君謨之所近頗非易見，山谷蓋謂其『真行簡札，能入永興之室』云。

蔡君謨書，評者以爲宋之魯公。此獨其大楷則然耳，然亦不甚似也。山谷謂『君謨《渴墨帖》仿佛似晋、宋間人書』，頗覘微趣。

東坡詩如華嚴法界，文如萬斛泉源，惟書亦頗得此意，即行書《醉翁亭記》便可見之。其正書字間櫛比，近顔書《東方畫贊》者爲多，然未嘗不自出新意也。

《端州石室記》，或以爲張庭珪書，或以爲李北海書；東坡正書有其傲岸旁礴之氣。

黄山谷論書最重一『韵』字，蓋俗氣未盡者，皆不足以言韵也。觀其《書嵇叔夜詩與侄榎》，稱其詩『無一點塵俗氣』，因言『士生於世，可以百爲，惟不可俗，俗便不可醫』。是則其去俗務盡也，豈惟書哉！即以書論，識者亦覺《鶴銘》之高韵，此堪追嗣矣。

米元章書大段出於河南，而復善摹各體。當其刻意宗古，一時有『集字』之譏；迨既自成家，則惟變所適，不得以轍迹求之矣。

米元章書脱落凡近，雖時有諧氣，而諧不傷雅，故高流鮮或訾之。

宋薛紹彭道祖書得二王法，而其傳也，不如唐人高正臣、張少悌之流。蓋以其時蘇、黄方尚變法，故循循晋法者見絀也。然如所書《樓觀》詩，雅逸足名後世矣。

或言游定夫先生多草書，於其人似乎未稱。曰：草書之律至嚴，爲之者不惟膽大，而在心小。祇此是學，豈獨正書然哉！

書重用筆，用之存乎其人，故善書者用筆，不善書者爲筆所用。

蔡中郎《九勢》云：『令筆心常在點畫中行。』後如徐鉉小篆，『畫之中心有一縷濃墨正當其中，至於屈折處亦當中，無有偏側處』，蓋得中郎之遺法者也。

每作一畫，必有中心，有外界。中心出於主鋒，外界出於副毫。鋒要始、中、終俱實，毫要上下左右皆齊。

起筆欲斗峻，住筆欲峭拔，行筆欲充實，轉筆則兼乎住、起、行者也。

逆入、澀行、緊收，是行筆要法。如作一横畫，往往末大於本，中減於兩頭，其病坐不知此耳。竪、撇、捺亦然。

筆心，帥也；副毫，卒徒也。卒徒更番相代，帥則無代。論書者每曰『换筆心』，實乃换向，非换質也。

張長史書，微有點畫處，意態自足。當知微有點畫處，皆是筆心實實到了；不然，雖大有點畫，筆心却反不到，何足之可云！

中鋒、側鋒、藏鋒、露鋒、實鋒、虚鋒、全鋒、半鋒，似乎鋒有八矣。其實中、藏、實、全，祇是一鋒；側、露、虚、半，亦祇是一鋒也。

中鋒畫圓，側鋒畫扁。捨鋒論畫，足外固有迹耶？

書用中鋒，如師直爲壯，不然，如師曲爲老。兵家不欲自老其師，書家奈何异之？

要筆鋒無處不到，須是用逆字訣。勒則鋒右管左，努則鋒下管上，皆是也。然亦祇暗中機括如此，著相便非。

書以側、勒、努、趯、策、掠、啄、磔爲八法。凡書下筆多起於一點，即所謂側也。故側之一法，足統餘法。欲辨鋒之實與不實，觀其側則思過半矣。

畫有陰陽。如横則上面爲陽，下面爲陰；竪則左面爲陽，右面爲陰。惟毫齊者能陰陽兼到，否則獨陽而已。

書能筆筆還其本分，不稍閃避取巧，便是極詣。『永』字八法，衹是要人横成横、竪成竪耳。

蔡中郎云：『筆軟則奇怪生焉。』余按：此一『軟』字，有獨而無對。蓋能柔能剛之謂軟，非有柔無剛之謂軟也。

凡書要筆筆按，筆筆提。辨按尤當於起筆處，辨提尤當於止筆處。

書家於『提』『按』兩字，有相合而無相離。故用筆重處正須飛提，用筆輕處正須實按，始能免墮、飄二病。

書有振、攝二法：索靖之『筆短意長』，善攝也；陸柬之之『節節加勁』，善振也。

行筆不論遲速，期於備法。善書者雖速而法備，不善書者雖遲而法遺。然或遂貴速而賤遲，則又誤矣。

古人論用筆，不外『疾』『澀』二字。澀，非遲也；疾，非速也。以遲速爲疾澀，而能疾澀者無之！

用筆者皆習聞澀筆之説，然每不知如何得澀。惟筆方欲行，如有物以拒之，竭力而與之争，斯不期澀而自澀矣。澀法與戰掣同一機竅，第戰掣有形，强效轉至成病，不若澀之隱以神運耳。

筆有用完，有用破。屈玉垂金，古槎怪石，於此别矣。

書以筆爲質，以墨爲文。凡物之文見乎外者，無不以質有其内也。

孫子云："勝兵先勝而後求戰，敗兵先戰而後求勝。"此意通之於結字，必先隱爲部署，使立於不敗而後下筆也。字勢有因古，有自構。因古難新，自構難穩，總由先機未得焉耳。

欲明書勢，須識九宫。九宫尤莫重於中宫，中宫者，字之主筆是也。主筆或在字心，亦或在四維四正，書著眼在此，是謂識得活中宫。如陰陽家旋轉九宫圖位，起一白，終九紫，以五黄爲中宫，五黄何嘗必在戊己哉！

畫山者必有主峰，爲諸峰所拱向；作字者必有主筆，爲餘筆所拱向。主筆有差，則餘筆皆敗，故善書者必争此一筆。

字之爲義，取孳乳浸多，言孳乳，則分形而同氣可知也。故凡書之仰承俯注，左顧右盼，皆欲無失其同焉而已。

結字疏密，須彼此互相乘除，故疏不嫌疏，密不嫌密也。然乘除不惟於疏密用之。

字形有内抱，有外抱。如上下二横，左右兩竪，其有若弓之背向外弦向内者，内抱也；背向内弦向外者，外抱也。篆不全用内抱，而内抱爲多；隸則無非外抱。辨正、行、草書者，以此定其消息，便知於篆隸孰爲出身矣。

字體有整齊，有參差。整齊，取正應也；參差，取反應也。

書要曲而有直體，直而有曲致。若弛而不嚴，剽而不留，則其所謂曲直者誤矣。

書一於方者，以圓爲模棱；一於圓者，以方爲徑露。盍思地矩天規，不容偏有取捨。

書宜平正，不宜攲側。古人或偏以攲側勝者，暗中必有撥轉機關者也。《畫訣》有『樹木正，山石倒；山石正，樹木倒』，豈可執一石一木論之？

論書者謂晋人尚意，唐人尚法，此以觚棱間架之有無别之耳。實則晋無觚棱間架，而有無觚棱之觚棱，無間架之間架，是亦未嘗非法也；唐有觚棱間架，而諸名家各自成體，不相因襲，是亦未嘗非意也。

書之章法有大小。小如一字及數字，大如一行及數行、一幅及數幅，皆須有相避相形、相呼相應之妙。

凡書，筆畫要堅而渾，體勢要奇而穩，章法要變而貫。

書之要，統於『骨氣』二字。骨氣而曰洞達者，中透爲洞，邊透爲達。

洞達則字之疏密肥瘦皆善，否則皆病。

字有果敢之力，骨也；有含忍之力，筋也。用骨得骨，故取指實；用筋得筋，故取腕懸。

衛瓘善草書，時人謂瓘得伯英之筋，猶未言骨；衛夫人《筆陣圖》乃始以『多骨豐筋』并言之。至范文正《祭石曼卿文》有『顔筋柳骨』之語，而筋骨之辨愈明矣。

書少骨則致誚『墨猪』。然骨之所尚，又在不枯不露，不然，如髑髏固非少骨者也。

骨力、形勢，書家所宜并講。必欲識所尤重，則唐太宗已言之，曰：『求其骨力，而形勢自生。』

書要兼備陰陽二氣。大凡沉著屈鬱，陰也；奇拔豪達，陽也。

高韵深情，坚質浩氣，缺一不可以爲書。

凡論書氣，以士氣爲上。若婦氣、兵氣、村氣、市氣、匠氣、腐氣、傖氣、俳氣、江湖氣、門客氣、酒肉氣、蔬笋氣，皆士之弃也。

書要力實而氣空。然求空必於其實，未有不透紙而能離紙者也。

書要心思微，魄力大。微者條理於字中，大者旁礴乎字外。

筆畫少處，力量要足，以當多；瘦處，力量要足，以當肥。信得『多少』『肥瘦』形异而實同，則書進矣。

司空表聖之《二十四詩品》，其有益於書也，過於庾子慎之《書品》。蓋庾《品》祇爲古人標次第，司空《品》足爲一己陶胸次也。此惟深於書而不狃於書者知之。

書與畫异形而同品。畫之意象變化，不可勝窮，約之，不出神、能、逸、妙四品而已。

論書者曰『蒼』，曰『雄』，曰『秀』，余謂更當益一『深』字。凡蒼而涉於老秃，雄而失於粗疏，秀而入於輕靡者，不深故也。

靈和殿前之柳，令人生愛；孔明廟前之柏，令人起敬。以此論書，取姿致何如尚氣格耶？

學書者始由不工求工，繼由工求不工。不工者，工之極也。《莊子·山木篇》曰：『既雕既琢，復歸於樸。』善夫！

怪石以醜爲美，醜到極處，便是美到極處。一『醜』字中，丘壑未易盡言。

俗書非務爲妍美，則故托醜拙。美醜不同，其爲爲人之見一也。

書家同一尚熟，而熟有精粗深淺之别，惟能用生爲熟，熟乃可貴。

自世以輕俗滑易當之，而真孰亡矣。

書非使人愛之爲難，而不求人愛之爲難。蓋有欲無欲，書之所以別人天也。

學書者務益不如務損。其實損即是益，如去寒去俗之類，去得盡，非益而何？

書要有爲，又要無爲，脱略、安排俱不是。

《洛書》爲書所托始。《洛書》之用，五行而已；五行之性，五常而已。故書雖學於古人，實取諸性而自足者也。

書，陰陽剛柔不可偏陂，大抵以合於《虞書》九德爲尚。

揚子以書爲心畫，故書也者，心學也。心不若人而欲書之過人，其勤而無所也宜矣。

寫字者，寫志也。故張長史授顔魯公曰：『非志士高人，詎可與言要妙？』

宋畫史解衣盤礴，張旭脱帽露頂，不知者以爲肆志，知者服其用志不紛。

筆性墨情，皆以其人之性情爲本。是則理性情者，書之首務也。

鍾繇筆法曰：『筆迹者，界也；流美者，人也。』右軍《蘭亭序》言『因寄所托』，『取諸懷抱』，似亦隱寓書旨。

張融云：『非恨臣無二王法，恨二王無臣法。』余謂但觀此言，便知其善學二王。儻所謂見過於師，僅堪傳授者耶？

唐太宗論書曰：『吾之所爲，皆先作意，是以果能成。』虞世南作《筆髓》，其一爲《辨意》。蓋書雖重法，然意乃法之所受命也。

東坡論吴道子畫『出新意於法度之中，寄妙理於豪放之外』。推之於書，但尚法度與豪放，而無新意妙理，末矣。

學書通於學仙，煉神最上，煉氣次之，煉形又次之。

書貴入神，而神有我神、他神之别。入他神者，我化爲古也；入我神者，古化爲我也。

觀人於書，莫如觀其行草。東坡論『傳神』，謂『具衣冠坐，斂容自持，則不復見其天』。《莊子·列禦寇》篇云：『醉之以酒而觀其則。』皆此意也。

書，如也，如其學，如其才，如其志，總之曰如其人而已。

賢哲之書温醇，駿雄之書沉毅，畸士之書歷落，才子之書秀穎。

書可觀識。筆法字體，彼此取捨各殊，識之高下存焉矣。

揖讓騎射，兩人各善其一，不如并於一人。故書以才度相兼爲上。

書尚清而厚，清厚要必本於心行。不然，書雖幸免薄濁，亦但爲他人寫照而已。

書當造乎自然。蔡中郎但謂書肇於自然，此立天定人，尚未及乎由人復天也。

學書者有二觀：曰觀物，曰觀我。觀物以類情，觀我以通德。如是則書之前後莫非書也，而書之時可知矣。

卷六　經義概

經義試士，自宋神宗始行之。神宗用王安石及中書門下之言定科舉法，使士各專治《易》《詩》《書》《周禮》《禮記》一經，兼《論語》《孟子》，初試本經，次兼經大義，而經義遂爲定制。其後元有《四書疑》，明有《四書義》，實則宋制已試《論》《孟》《禮記》，《禮記》已統《中庸》《大學》矣。今之《四書》文，學者或并稱經義。《四書》出於聖賢，聖賢吐辭爲經，以經尊之，名實未嘗不稱。爲經義者，誠思聖賢之義，宜自我而明，不可自我而晦，則爲之自不容苟矣。

杜元凱《左傳序》云『先經以始事』，『後經以終義』，『依經以辯理』，『錯經以合异』。余謂經義用此法操之，便得其要。經者，題也；先之、後之、依之、錯之者，文也。

凡作一篇文，其用意俱要可以一言蔽之。擴之則爲千萬言，約之則爲一言，所謂主腦者是也。破題、起講，扼定主腦；承題、八比，則所以分擄乎此也。主腦皆須廣大精微，尤必審乎章旨、節旨、句旨之所當重者而重之，不可硬出意見。主腦既得，則制動以静，治煩以簡，一綫到底，百變而不離其宗，如兵非將不御，射非鵠不志也。

昔人論文，謂：未作破題，文章由我；既作破題，我由文章。余謂題出於書者，可以斡旋；題出於我者，惟抱定而已。破題者，我所出之題也。

文莫貴於尊題。尊題自破題、起講始。承題及分比，祗是因其已尊而尊之。尊題者，將題説得極有關係，乃見文非苟作。

破題是個小全篇。人皆知破題有題面，有題意，以及分合明暗、反正倒順、探本推開、代説斷做、照下繳上諸法，不知全篇之神奇變化，此爲見端。

有認題，有肖題。善認題，故題外無文；善肖題，故文外無題。

文之要，曰識曰力。識見於認題之真，力見於肖題之盡。

認題、肖題，全在善於讀題。《春秋》僖二十一年《穀梁傳》云：『以，重辭也。』宣八年《傳》云：『而，緩辭也。』文家重讀、輕讀、急讀、緩讀之法，此已開之。

肖題者，無所不肖也：肖其神，肖其氣，肖其聲，肖其貌。有題字處，切以肖之；無題字處，補以肖之。自非肖題，則讀題、認題亦歸於無用矣。

題有筋有節。文家辨得一『節』字，則界畫分明；辨得一『筋』字，則脉絡聯貫。

題有題眼，文有文眼。題眼或在題中實字，或在虚字，或在無字處；文眼即文之注意實字、虚字、無字處是也。

有題要，有題緒。善扼題要，所以統題緒也；善理題緒，所以拱題要也。

章旨在本題者，闡本題即所以闡章旨也；章旨在上下文者，必以本題攝之。攝有三位：實字、虚字、無字處。

有題面與題意同者，有題面與題意异者。實與而文不與，實不與而文與，皆所謂异也。

題義有而文無，是謂減題；題義無而文有，是謂添題。文貴如題，或減或添俱失之。

題有平有串，做法未嘗不通。蓋在平題爲分做者，在串題爲截做；在平題爲總做者，在串題爲滾做也。至宜分宜截，宜總宜滾，善相題者自知之。

問分做、截做與總做、滾做，其文之意義何尚？曰：分、截取乎結實，總、滾取乎空靈。

題字句少則宜用拆字訣，字句多則宜用并字訣。雖用并字訣，然緊要之字句仍須特説，是亦未嘗非拆字也。

拆題字法，如數字各爲一義，一字自爲數義，皆是也。拆句、拆節亦如之。

拆字訣有似於反，如題言不可如此，文先説如此，次説可如此，後説不可如此。其説如此與可如此處，即似反矣，其實乃坼字也。

題前有豫作，題後有補作，題中亦補作，亦豫作。

題前題後，不必全題之前，全題之後也。如題有三層，一層之後即二層之前，二層之後即三層之前，而一層乃復有前，三層乃復有後也。

文有攻棱、補窪二法。攻棱做題字也，補窪做題間也。

題有題縫，題縫中筆法有四，曰：急脉緩受，緩脉急受，直脉曲受，曲脉直受。

題縫不獨兩截題有之，凡由題中此字説到彼字，彼字説到此字，欲到未到之間皆是。

題兼虚實字者，文則有坐虚呼實、坐實呼虚二法；題兼上下句者，文則有坐上呼下、坐下呼上二法。此猶地師相地，有空滿二向、順逆二局也。

題字有重有輕。詳重略輕，文之常也。然亦有不詳而固已重之，不略而固已輕之者，存乎其神之向背也。

點題字緩急蓄泄之异，皆從題之真際涵泳得之。先點必後做，後點必先做；先點以開下，後點以結上。後經終義，先經始事。點者，乃經也。

點題字有明有暗。如作破題，明破爲破，暗破亦爲破也，但須相其宜而行之。

點題字要自然，又戒率意。或在比中，或在比外，皆須出得有力。

題中要緊之字，宜先於空中刻鏤，反處攻擊；若非要緊之字，或可作平常説出。

『出』『落』二字有別。自無題字處點題字，可謂之『出』，不可謂之

「落」；自題中此字出彼字，就彼字而言謂之「出」，就自此之彼而言謂之「落」。審於「出」「落」之來路去路，文之脉理斯真矣。

「出」「落」以結上開下，須視結至何處，開至何處。有所結多而所開少者，有所結少而所開多者。大凡在前者多開，在後者多結，中間或多結，或多開。

昔人論布局，有原、反、正、推四法。原以引題端，反以作題勢，正以還題位，推以闡題蘊。

空中起步，實地立脚，絶處逢生，局法具此三者，文便不可勝用；尤在審節次而施之。

起、承、轉、合四字：起者，起下也，連合亦起在内；合者，合上也，連起亦合在内；中間用承用轉，皆兼顧起合也。

局法，有從前半篇推出後半篇者，有從後半篇推出前半篇者。推法固順逆兼用，而順推往往不如逆推者，逆推之路較寬且活也。

文之順逆，因題而名。順謂從題首遞下去，逆謂從題末繞上來。以一篇位次言之，大抵前路宜用順，後路宜用逆，蓋一戒淩躐，一避板直也。

文局有寬有緊。大抵題位寬則局欲緊，題位緊則局欲寬。

文局有先空後實，有先實後空，亦有疊用實、疊用空者；有先反後正，有先正後反，亦有疊用正、疊用反者。其疊用者，必所發之題字不同。至正反俱有空實，空實俱有正反，固不待言。

文之有出對比共七法，曰：剖一爲兩，補一爲兩，迴一爲兩，反一爲兩，截一爲兩，剥一爲兩，襯一爲兩。

柱分兩義，總須使單看一比則偏，合看兩比則全。若單看已全，則合看爲贅矣。

立柱須明三對。大抵言對不如意對，正對不如反對，平對不如串對。柱意最要精確，如題中實字、虛字及無字處，各有當立之柱。若非其柱而立之，則可移入他題，即不然，亦可於本篇中前後互換矣。

分析題義，用兩與用二不同。二，有次序，串義也；兩，乃敵耦，平義也。

文家皆知煉句煉字，然單煉字句則易，對篇章而煉字句則難。字句能與篇章映照，始爲文中藏眼，不然，乃修養家所謂瞎煉也。

多句之中必有一句爲主，多字之中必有一字爲主。煉字句者，尤須致意於此。

文家用筆之法，不出紆陡相濟。紆而不懈者，有陡以振其紆也；陡而不突者，有紆以養其陡也。

筆法之大者三：曰起，曰行，曰止。而每法中未嘗不兼具三法，如起，便有起之起，有起之行，有起之止也。

起筆無論反正虛實，皆須貫攝一切，然後以轉接收合回顧之。

正起反接，反接後復將反意駁倒，則與正接同實，且視正接者題位較展，而題義倍透。故此法尤爲作家所尚。

文有因轉接而合者，有因轉接而開者。春夏秋冬，秋冬春夏，一也。

筆法，初非本領之所存，然愈有本領，愈要講求筆法，筆法所以達其本領也。

問起講何尚？曰：要起得起。問入手領題何尚？曰：要領得起。

問提比何尚？曰：要提得起。提比要訣，全在原題。不知原題而横出意議，豈但於本位不稱，并中後之文亦無根本關係矣。

前路要意寬語緊，緊乃所以善用其寬；後路要意實語靈，靈乃所以善用其實。

制藝體裁有二：一本注釋，就題詮題也；一本古文，夾叙夾議也。注釋，合多開少；古文，小開大合、大開小合，俱有之。

先叙後議，我注經也；先議後叙，經注我也。文法雖千變萬化，總不外於叙、議二者求之。

開合分大小，以文言，不以題言也。就一比論之，開大者，如十句開一句合是也；合大者，如一句開十句合是也。若按諸題字，則爲題中一字作開者，必仍就此一字合，合處不得添出一題字；爲題中兩字作開者，必仍兼此兩字合，合處不得減去一題字。何大小之可分耶？

立一義於先，然後有離有合，離者離此，合者合此也。若未嘗先有所立之義，不知是離合個甚。

文有合前之開，有開前之開。如『今又弃寡人而歸』兩句，以『得侍同朝甚喜』爲開；『得侍』句又以『前日願見而不可得』爲開也。

文於題全反爲正，半反爲翻。如題言如此則好，文言不如此則不好，是上下兩截俱攻題背，要其意中則仍是言如此則好耳，故曰全反爲正。若題言如此則好，文言不如此也好，是反上截；或言如此也未必好，是反下截，所謂半反爲翻也。

凡就題之反面抉其弊者，是正文，非反文也。而人往往以反文目之，爲其與反文相似耳。欲實知其爲正爲反，有驗之之法，但權將本題接入文下，而以『故』字冠其首，如接得者便知是正文矣。若非正文，何以不待用『然』字作轉乎？

文有非面，如『不知者以爲爲肉』是也；有似面，如『其知者以爲爲無禮』是也。

襯法有捧題，有壓題。捧題以低淺，壓題以高深。

襯托不是閑言語，乃相形相勘緊要之文，非幫助題旨，即反對題旨，所謂客筆主意也。

文之揚處爲寬，拍處爲緊。用寬用緊，取其相間相形。若全寬是無寬，全緊是無緊也。

文忽然者爲斷，變化之謂也，如斂筆後忽放筆是；復然者爲續，貫注之謂也，如前已斂筆，中放筆，後復斂筆以應前是。

抑揚之法有四，曰：欲抑先揚，欲揚先抑，欲抑先抑，欲揚先揚。沉鬱頓挫，必於是得之。

振字訣，其用有三，曰：振下，振上，兼振上下。

文有關鍵便緊。有題字之關鍵，如做此動彼是也；有文法之關鍵，如前伏後應是也。

文要針鋒相對：起對收，收對起，起收對中間。但有一字一句不針對，即爲無著，即爲不純。

章法之相間，如反正、淺深、虛實、順逆皆是；句法之相間，如明暗、長短、單雙、婉峭皆是。

拍題有正拍、反拍、順拍、倒拍之不同，而全在未拍之先善爲之地，所謂『翔而後集』也。

文不外理、法、辭、氣。理取正而精，法取密而通，辭取雅而切，氣取清而厚。

有題之理法，有文之理法。以文言之，言有物爲理，言有序爲法。

文之要三：主意要純一而貫攝，格局要整齊而變化，字句要刻畫而自然。

文無一定局勢，因題爲局勢；無一定柱法，因題爲柱法；無一定句調，因題爲句調。不然，則所謂局勢、柱法、句調者，粗且外矣。

文莫貴於高與緊。不放過爲緊，不犯手爲高。

文之善於用事者，實者虛之，虛者實之；文之善於抒理者，顯者微之，微者顯之。

文要不散神，不破氣，如樂律然，既已認定一宮爲主，則不得復以他宮雜之。

文尚奇而穩，此旨本昌黎《答劉正夫書》。奇則所謂异也，穩則所謂是也。

立天之道曰陰與陽，立地之道曰柔與剛。文，經緯天地者也，其道惟陰陽剛柔可以該之。

《易·繫傳》言『物相雜故曰文』，《國語》言『物一無文』，可見文之爲物，必有對也，然對必有主是對者矣。

制義推明經意，近於傳體。傳莫先於《易》之十翼。至《大學》以『所謂』字釋經，已隱然欲代聖言，如文之入語氣矣。

漢桓譚遍習《五經》，皆訓詁大義，不爲章句，於此見義對章句而言也。至經義取士，亦有所受之。趙岐《孟子題辭》云：『漢興，孝文廣游學之路，《孟子》置博士。訖今諸經通義得引《孟子》以明事，謂之博文。』唐楊瑒奏有司試帖明經，不質大義，因著其失。宋仁宗時，范仲淹、宋祁等奏言有云：『問大義，則執經者不專於記誦矣。』合數説觀之，所以用經義之本意具見。

《宋文鑒》載張才叔《自靖人自獻於先王》一篇，隱然以經義爲古文之一體，似乎自亂其例。然宋以前，已有韓昌黎省試《顔子不貳過論》，可知當經義未著爲令之時，此等原可命爲古文也。

元倪士毅撰《作義要訣》，以明當時經義之體例：『第一要識得道理透徹，第二要識得經文本旨分曉，第三要識得古今治亂安危之大體。』余謂第一、第三俱要包於第二之中。聖人瞻言百里，識經旨則一切攝入矣。

經義戒平直，亦戒艱深。《作義要訣》云：『長而轉换新意，不害其爲長；短而曲折意盡，不害其爲短。』戒平直之謂也。又云：『務高則多涉乎僻，欲新則類入乎怪。』『下字惡乎俗，而造作太過則語澀；立意惡乎同，而搜索太甚則理背。』戒艱深之謂也。

厚根柢，定趨向，以窮經爲主。秦、漢文取其當理者，唐、宋文取其切用者。制義宜多讀先正，餘愼取之。

他文猶可雜以百家之學，經義則惟聖道是明，大抵不離天地之常經，古今之通義也。然觀王臨川《答曾子固書》云：『讀經而已，則不足以知經。』此又見群書之宜博也。

欲學者知存心修行，當以講書爲第一事。講書須使切己體認，及證以目前常見之事，方覺有味。且宜多設問以觀其意，然後出數言開導之。惟不專爲作文起見，故能有益於文。

明儒馮少墟先生名所輯舉業爲《理學文鵠》，理學者，兼致知力行而言之也。我朝論文名言，如陳桂林《寄王罕皆書》云：『雖不應舉，亦可當格言一則。』此亦足破干禄之陋見，證求理之實功已。

文不易爲，亦不易識。觀其文，能得其人之性情志尚於工拙疏密之外，庶幾知言知人之學也與！